魔幻偵探所

1

火車上的幽靈

關景峰 著

新雅文化事業有限公司
www.sunya.com.hk

魔幻偵探所

人物介紹

南森

身分：魔幻偵探所創辦人、領頭羊

年齡：120歲

畢業學校：斯塔福德學院（伏魔系）

學位：博士

捉妖經驗：108年，獲得「捉妖能手」、「怪獸剋星」等稱號

性格：遇事鎮定、善於思考，生氣時聽到幾句好話氣就消了

最具殺傷力的武器：
顯形粉、綑妖繩、無影鋼鐵牆

海倫

身分：魔幻偵探所成員，南森的得力助手

年齡：13歲

畢業學校：劍橋大學（法術系）

學位：學士

捉妖經驗：1 年

性格：開朗、逢事觀察細緻，吵架時總讓着本傑明

最具殺傷力的武器：綑妖繩、凝固氣流彈

倫敦貝克街1號有一家**魔幻偵探所**，
成員們精通魔法，法術高明，在一系列緊張
而又富於冒險性的偵探過程中，他們並肩作戰，
成功偵破了一宗又一宗錯綜複雜、
動人心魄的魔怪案件。

本傑明

身分：魔幻偵探所實習生
年齡：11 歲
就讀學校：牛津大學（捉妖系）
捉妖經驗： 3 個月
性格：聰明淘氣、遇事毛躁
最厲害的戰術：非常規戰術

保羅

身分：魔幻偵探所機械狗
年齡：100 歲
工作能力：無所不知的電腦資料庫，善於用百分比分析事物
性格：異想天開、調皮、懶惰
最喜歡的食物：潤滑油
最具殺傷力的武器：追妖導彈

特級裝備

綑妖繩

能夠對準魔怪迅速旋轉收縮，將它綑緊綁實，繩子一旦落到魔怪身上，就像嵌入肉裏，魔怪越掙脫綁得越緊，當然放繩子時可要放得準才行。

無影鋼鐵牆

這堵牆其實就是氣流，它把氣流變成了無影無形的鋼鐵牆壁，能將敵人困在其中，衝不出去。

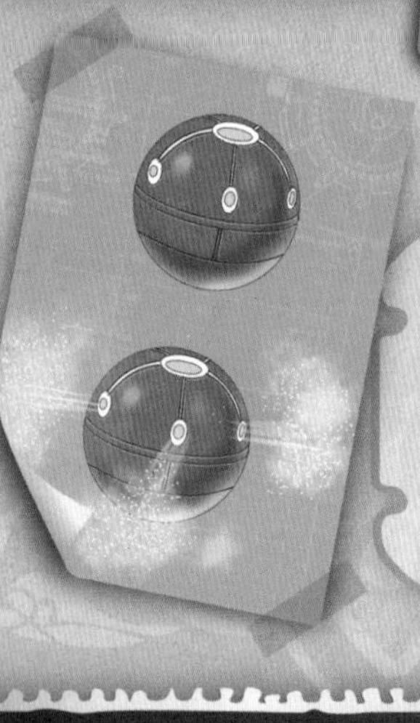

顯形粉

這是一種非常神奇的粉末，即使魔怪偽裝、隱形了也完全能顯現出它的原形。對了，「顯形」就是「現出原形」的意思！

裝魔瓶

能把魔怪收進裏面，使其在三天內化成清水的神奇瓶子。即使魔怪身形再龐大，也能收進瓶內。

幽靈雷達

能夠準確測定氣流存在的方位，並及時發出警報的裝置。它能跟蹤、測定魔怪在哪裏。不過，如果魔怪的魔力非常強，幽靈雷達有時候也可能測不到，它的更強大的功能還有待你去改進！

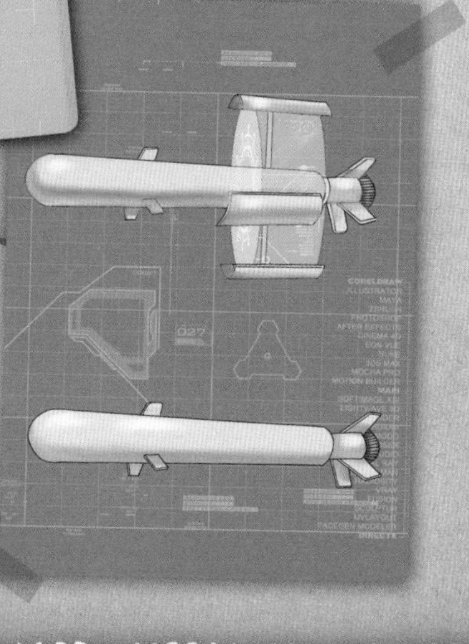

追妖導彈

能夠自動尋找魔怪，進行智能追蹤的導彈，這種導彈威力比較大，一般魔怪根本抵抗不了。

魔幻偵探開始行動！

目錄

第一章　來自遠方的求助

午後，幾縷陽光努力着鑽透厚厚的雲層，射向倫敦街頭，但是它們努力的結果並不明顯，雲層越來越厚，一場大雨眼看就將光臨這個城市。街上的人行色匆匆，一個西裝革履的男人抬頭看看天，也加快了腳步，與此時的天氣一樣，他的心情也非常壓抑。

「貝克街1號，應該是這裏了。」西裝革履的男人看着一所房子的門牌號碼自言自語。他這身裝束正好和他異常嚴肅的臉相符合。

他按了按門鈴，同時看看門上「魔幻偵探所」的字牌，好像是再次確認他是否找對了地方。

門開了，但是開門的不是人，而是一隻小狗——一隻被一個啡色斑塊完全罩住一隻眼的小狗，這種樣子很像熊貓，但出現在狗身上就比較滑稽了。

「哈囉，你找南森博士嗎？」

正在來人詫異的時候，小狗開口説話了，這把來人嚇了一跳。

「啊……是的。」男人有些緊張地説，顯然他覺得和

魔幻偵探所

一隻狗説話有點不自在，「他在嗎？」

「他在，請跟我來。」小狗又開口説話了。

小狗帶着男人進了房間客廳，然後請他在沙發上坐下。這個客廳其實更像是一個辦公室，裏面擺着三張辦公桌，兩小一大，每張桌子上都有一台手提電腦。男人正在打量這個辦公室的時候，沙發旁邊的茶几裏發出了聲音。

「喝咖啡請説『褐色香濃』，喝紅茶請説『紅色香濃』。」

男人看看會説話的茶几，然後小心翼翼地説了聲「褐色香濃」。話音剛落，茶几的桌面突然打開了，一個盤子伸了出來。上面有杯冒着熱氣的咖啡，顯然是新沖的。

「請喝咖啡。」

聲音再次從茶几裏傳出來，男人有些手足無措了，他馬上接過咖啡。盤子又自動縮了回去，打開的茶几桌面也合上了。

「謝謝。」男人説，其實他自己也不清楚在和誰説話。

「不客氣，下次説話請大聲一點。」茶几説。

「我去叫他們，博士他們在後面的實驗室呢。」其中一隻眼睛有點像熊貓眼的小狗又開口了。

男人渾身不自在地坐在沙發裏，他摸不透接下來還有什麼稀奇古怪的事情會發生。忽然，他看到沙發對面的牆上貼有三張照片和簡介文字，就走過去細看。

第一張照片是個頭髮和鬍子全灰白的老頭，戴着眼鏡，樣子和藹，笑瞇瞇的。

第二張照片是個小女孩，金黃色的頭髮，大大的藍眼睛。

第三張照片是個小男孩，一頭微微鬈曲的啡髮。

牆上還掛着一些錦旗獎狀獎盃什麼的，錦旗上大多寫着「捉妖能手」、「妖魔最怕」、「怪獸剋星」等讚揚的話，都是贈給南森博士的。

南森，男，120歲，斯塔福德學院伏魔系畢業，博士學位。具有108年捉妖伏魔經驗。

海倫，女，13歲，劍橋大學法術系畢業，學士學位。具有1年捉妖經驗，現擔任南森博士助手。

本傑明，男，11歲，牛津大學捉妖系學生，具有3個月捉妖經驗，現擔任南森博士助手。

男人似乎對「怪獸剋星」這面錦旗非常感興趣，伸長脖子仔細地看着。

這時，門開了，照片上的老頭穿着一身褐色衣服走了進來，他的樣子看起來大概只有五十歲。他身後跟着一個女孩和一個男孩，無疑就是海倫和本傑明了。

「你好，我是南森。」南森博士向男人伸出了手，「這兩位是我的助手海倫和本傑明。」

「你好，博士。」男人也伸出手，「我叫肖恩，從高地郡來。」

「高地郡？離倫敦很遠呀！」博士稍有些驚奇，「肖恩先生，我必須事先聲明，如果你要抓賊或者強盜，還是去找警察，這類案子我們不辦。」

「我們只捉妖魔鬼怪，廣告上寫得很明白。當然，有些案件在偵破後才發現是有人裝神弄鬼。」叫本傑明的男孩在一邊進行補充。

接着，本傑明拍了拍手說：「紅色香濃入嘴來。」話音剛落，不知道從什麼地方飛來一個盛着紅茶的茶杯，還冒着熱氣，他伸手拿住，喝了一口。

「這我知道。」肖恩驚奇地看着這一幕，「我是尼斯湖水上管理處的主任，為怪獸的事情來的，怪獸的案子你們辦吧？」

「你是説尼斯湖怪獸？」海倫瞪大眼睛説。

「是的，就是那頭傳説中的怪獸。」表情嚴肅的肖恩主任點了點頭。

原來，自十九世紀人們在尼斯湖發現怪獸以來，就不斷有怪獸出現的消息。人們曾經動用最先進的聲納*系統搜捕怪獸，但是都沒有結果，漸漸地人們對怪獸的興趣也淡漠了。但是最近幾個月以來，尼斯湖河岸一些農戶養的牲畜經常莫名其妙的丟失了，現在已經有一百多頭牛和兩百多隻羊失蹤。

經過警方偵查，這並不是人類所為。雖然湖區以前也有農戶偶爾丟失牛羊的記錄，但最近特別頻繁，因此人們自然把目光轉向湖中的怪獸。更為嚴重的是，上星期一條遊船也遭到襲擊，船上五人至今下落不明。水上管理處和當地警察局受到來自四面八方的壓力，他們看了「魔幻偵探所」在《泰晤士報》上登的廣告後，就慕名前來求援了。

「這個案子我們接了。」博士也感到了案件的嚴重性，「我們魔幻偵探所就是專接這種別人沒法破也不敢破的妖魔鬼怪案子的。」

*聲納 (sonar)： 一種利用聲波或超聲波在水中的傳播和反射來探測水下物體（如潛艇或深水水雷）的存在和位置的檢測儀器。

「太好了！」肖恩急切地說，「拜託你幫我們抓住那個怪獸。」

「請別着急，我們先要確定那裏有沒有怪獸。有目擊者嗎？」

「有！」肖恩激動地站了起來，「我親眼見過，有人說我在說謊，但是現在已經有五千多人聲稱看見過那傢伙了，難道五千多人都在說謊？」

「牠什麼樣子的？」聽說肖恩見過怪獸，海倫和本傑明都好奇地圍住他問。

「跟蛇頸龍差不多，不過那是十年前的事了，近來那傢伙很少露面。」

肖恩說完走近博士，博士此時正在查看電腦。

「只要是怪獸你都可以抓住？」肖恩謹慎地問。

「沒問題，怪獸我抓過好幾個了。」博士在調閱他的破案記錄，突然他抬頭看看本傑明，「本傑明，你把1962年和1987年那兩個裝魔瓶拿來。」

本傑明出去了，沒一會兒他回來了，把兩個瓶子放到博士的辦公桌上。這兩個瓶子的瓶身上都有標示，一個瓶子上寫着 「人熊怪獸，1962年捕於約克郡河谷地區」，另一個寫着「雙頭怪獸，1987年捕於紐西蘭南島蒂阿瑙湖」。

「這是我抓到的兩頭怪獸，都有襲擊人類的記錄。」博士指指兩個瓶子。

「啊？這裏裝的是怪獸？」肖恩的眼睛瞪得大大的。

「沒錯，我把牠們縮小了，那個雙頭怪原來足有兩層樓那麼高呢。」博士説。

這時，樣子滑稽的小狗跑到博士身邊叫了兩聲。博士好像意識到什麼，伸出手來同時説了句「活力透明」，只見一瓶潤滑油馬上出現在博士手中，他打開蓋子把油倒進小狗的嘴裏。

「只顧做實驗，忘了給老伙計餵飯了。」南森博士説着，看看眼睛睜得像牛眼的肖恩，「你一定很奇怪吧，這隻狗是我製造的機械狗，叫做保羅，他也是一台超級電腦，他的食物就是潤滑油。」

「我……我相信……」肖恩張大嘴巴，吃驚地看着博士，「我，我相信你把怪獸縮小了裝在瓶子裏，你的確會法術。」

「哈哈哈……」博士笑了起來，他拍拍肖恩的肩膀，「你來之前肯定還猶猶豫豫的吧？」

「是，是這樣的，我們實在沒有辦法才到你這裏來試試。」肖恩點點頭。

「我們不會讓你失望的。」

「那你們什麼時候可以動身？」肖恩很着急，「不過我可不能和你們一起騎着掃把飛過去，我要坐火車回去。」

「哈哈哈哈哈……」博士、海倫和本傑明頓時大笑起來，笑得肖恩莫名其妙。

「我們可不會騎掃把，你説的是古代的女巫。」海倫馬上解釋。

「我們也要坐火車去的。」博士説，「要是你們那裏有開通飛機航線，我們就會乘飛機去了。」

「可我明明看見你們在空氣中那麼一抓，就能抓來茶和咖啡什麼的……」

「這些東西都是在這個房間裏預設好的，不過你看不見，你肯定不是學捉妖或學法術的吧？」博士笑瞇瞇地看着肖恩。

「是的。」

「我們學的是法術，但是你説的騎掃把那種古代的技術都過時了。」

「那你們憑什麼捉那些怪物？」肖恩問道。

「這可是我們的大秘密，不能隨便説的。」博士説完有些俏皮地看了看他的兩個助手，他們相視而笑。

「好，我不問了。」肖恩説，「你們儘快動身吧，我要馬上趕回去。」

「這麼急？」博士問，「我們要準備一下，明天就可以和你一起走了。」

「剛才下火車的時候，我接到電話説又有農戶丟了牛，他們都在水上管理處要求賠償呢，所以我要馬上趕回去處理這些事情……」

「原來是這樣。」博士撓撓頭，「是挺煩人的，那你留下地址和電話後就回去吧，我們儘快趕到。」

肖恩把地址和電話抄了一份交給海倫，隨後博士和兩位助手一起送他出門，機械狗也搖着尾巴跟了出來。

「下次如果時間充裕，你可以在倫敦遊覽一下。」在門口，博士他們和肖恩告別，博士指指不遠處的一所房子，說：「那邊就是福爾摩斯的故居，就在221B號。」

「有機會一定去看看，我非常羨慕你們這些福爾摩斯的鄰居。」肖恩流露出神往的目光，不過他此時的心情比較沉重，不可能有遊山玩水的打算。

送走了尼斯湖水上管理處的肖恩主任，大家馬上回到屋子裏，每個人都感到責任重大，誰知道那裏的怪獸什麼時候還會攻擊人類呢。

「本。」博士叫着本傑明的昵稱，「馬上上網收集跟尼斯湖怪獸有關的資訊。」博士開始給兩個助手布置工作，「海倫準備出差要帶的東西，不要忘了拿上裝魔瓶和綑妖繩，顯形粉也沒有了，馬上再配製一磅。保羅立即訂三張明天傍晚去高地郡尼斯湖的火車票，記住，我們要一個允許帶寵物的包廂。」

大家馬上行動起來，博士在他的電腦記錄上查找到一些他以前降服怪獸的資料，然後在書架上找到一本厚厚的《法術大全》，翻到降服怪獸那一章看了起來。

本傑明開始進入網絡搜索所有有關怪獸的資訊，他特地上了魔法師聯合會的官方網站，仔細搜索一些關於怪獸的資料，並將有關資料列印好給博士送去。

海倫在整理出門要帶的東西，可以使妖怪現身的顯形粉沒有了，她到實驗室裏又配製了一些。配製好的顯形粉要經過12小時才能使用，這也是他們不能和肖恩先生一起動身的一個原因。

保羅本身就是一台超級電腦，他和火車站售票處的電腦進行連接，訂了三張前往尼斯湖地區的車票，火車的編號是「3705」。接着，車票從他身上的打印機列印出來，上面有條型碼，只要在車站檢票口劃一下就可以上車，錢已經通過信用卡支付了。保羅銜着車票送到博士那裏。

「明天傍晚六點的。」博士拿過車票，「後天上午十一點到，很好。」

説着他摸摸保羅的頭，保羅搖着尾巴走開了。

「褐色香濃入嘴來。」博士唸了句口訣要了杯咖啡，喝了一口，然後把咖啡杯放在桌子上繼續工作。

博士前面的辦公桌坐着的就是本傑明，他還在網上搜集資料，突然他看見海倫往旅行箱裏放蘋果，這是要帶在路上吃的，可他現在就想吃。於是他拍拍手，唸道：

「蘋果來蘋果來……」

蘋果從海倫的手裏一下就飛到空中，然後向本傑明飄過來，不過在飄動過程中一直是搖搖晃晃的，飛行路線也不是直線。這個蘋果竟然飛到博士的辦公桌那裏，從半空中直線掉了下來，正好把博士的咖啡打翻，咖啡濺了博士一身，也嚇了他一跳。

「本傑明！」博士跳起來撣身上的咖啡，「我有點後悔叫你來實習了。」

「太對不起了，我最親愛的博士先生。」本傑明跑過去拿紙巾給博士擦拭，「你千萬不要告訴我的老師。」

「你又忘了後半句口訣了吧？」博士拍拍本傑明的腦袋，「老是這麼馬馬虎虎的怎麼畢業呀？」

「我最親愛的博士先生，我已經很努力啦！昨晚才玩了一會兒電子遊戲。」本傑明一邊笑着看着博士，一邊伸手取桌子上的蘋果。

「就知道吃。」海倫過來一把奪過蘋果，「你說的一會兒，是不是五個小時呀？昨天你半夜兩點才睡覺，你們牛津的就會偷懶。」

「你們劍橋的就會告狀，哼。」

「好啦好啦，不要吵啦，快工作吧。」博士看他們兩個要吵起來，馬上制止，「我說本傑明，以後多花些時間在學習上，你不是要做天下第一捉妖高手嗎？」

「是，是。」

「還有你，博士。」海倫突然對博士說，「你還以為我真不知道呀？前天晚上你玩電子遊戲也玩到半夜。」

「啊？」博士像小孩一樣吐吐舌頭，「這你也知道。」

「當然知道，你越來越像小孩了，我覺得你像本傑明的哥哥。」

「我覺得你像我們的姐姐。」本傑明笑着說。

「你……」海倫忍不住也笑起來。

捉拿尼斯湖怪獸的前期準備工作很快進行完畢，博士制定了初步的計劃。晚上本傑明沒有再玩電子遊戲，在博士和海倫的監督下很早就休息了，他非常頑皮，老是鬧笑話，博士也拿他沒什麼辦法。相比之下，海倫就非常聽話，她可是劍橋大學法術系的優秀畢業生呢。

第二章　神秘的黑衣人

第二天中午，顯形粉配製成功了。午飯後，博士再次召集大家開會，研究降服尼斯湖怪獸的計劃，他們都相信那裏確實潛伏着一頭怪獸，當然具體情況要到了那邊才清楚。

「要路過我上學的城市斯塔福德呀。」博士拿出地圖看着說，「不過到那裏要半夜了。」

「博士，你多少年沒去過那裏了？」海倫問。

「五十多年了吧，上回去是參加學校一千年的校慶。」

「你沒有去那邊出過差嗎？」本傑明指指地圖上斯塔福德的位置問。

「哈，那裏有很多我的校友，妖魔鬼怪都不敢在那邊出沒呀。」博士笑了起來，「那裏沒有妖魔鬼怪，我的校友好多都改行做生意了，不過沒有多少成功的，隔行如隔山呀。」

海倫和本傑明也笑了。

「好了，時間快到了，我們收拾一下就出發吧。」博士看看手錶。

大家最後又檢查了一下要帶的東西，然後各提着一個旅行箱出發。

保羅聽説要出門了，早就在門口等着，總想到外面去這一點，他和別的狗沒有絲毫區別。保羅是南森博士在二十歲時製造出來的，那時候不要説本傑明和海倫，就連他們的爸爸媽媽都還沒出生呢。上個月保羅剛過完百歲生日，他已經跟隨博士一百年了，還立過不少功，隨着科技的進步，保羅身上的裝備也不斷的升級換代。

「老保羅真威風呀。」海倫拍拍他，「上車還不用買票。」

保羅馬上衝海倫搖搖尾巴，還叫了兩聲。博士給他設計的程式是沒有必要的時候不説話，否則一隻狗滿大街圍着主人説這説那，容易引起圍觀和不必要的麻煩。

大家上了一輛巴士，他們要到馬斯勒本火車站上車，貝克街到那裏很近，只一站就到了。下車以後，本傑明突然想起了什麼，他快步跟上博士。

「博士，保羅給我們買的是幾等車廂的票？」

「噢，對了，這個我忘了看。」博士説着拿出車票來，「是二等車廂，這老伙計真能給我們省錢。」

「你説過省錢買更好的設備呀。」海倫笑着説，她看看博士，「這回要是抓住怪獸，應該能掙好多錢吧？」

「哇！」博士叫了起來，拍拍腦袋，「忘了和肖恩談價錢。」

「看你，和你們那些校友一樣，不會做生意。」海倫埋怨博士。

「嘿嘿嘿……我們畢竟不是生意人，一聽見抓怪獸就興奮起來，其他事情全忘了。」

「海倫，你自己也沒有和那個主任談報酬，還說博士。」

「我，我……」海倫感到有點不好意思，她翻了翻眼睛，「我也不是生意人。」

「行啦，我們都不是。」博士說，「我們快進站吧。」

說話間三個人進了車站，保羅興奮地跑前跑後，他好久沒有出來了。

博士抬頭看看車站裏的大鐘。「才五點多，還有一個小時才開車，我們先坐一下吧。」

三個人來到候車區的椅子上坐了下來。車站裏人不多，上下車的旅客行色匆匆，廣播裏不斷傳來播音員提示火車出站進站的聲音。博士靠在椅子上，沒一會兒就昏昏欲睡了，那樣子看起來還真可愛哩。

海倫和本傑明沒事幹，於是海倫拿出地圖，兩個人開始研究火車行程路線。

「在這裏。」本傑明指指地圖，「伯明翰停一站，博士上學的地方斯塔福德不停，然後在曼徹斯特再停一站，我喜歡曼聯隊……」

「哼，我喜歡曼城隊，你們這些牛津的處處跟我們作對。」海倫有些不屑一顧地説。

「你不是阿森納的球迷嗎？你們這些劍橋的才喜歡跟我們作對。」本傑明針鋒相對。

「好好，我不跟你吵，我讓着你。」

博士總是説海倫年齡大，應該讓着本傑明，兩個人經常吵架，把博士的頭都吵昏了。看見博士睡着了，海倫不想把他吵醒。

「明天早上在格拉斯哥停一站，然後就直開因弗內斯了。」本傑明看海倫非常少見地沒有跟他吵起來，便繼續研究行程。

「到了因弗內斯，我們還要坐汽車才能到尼斯湖嗎？」海倫問。

「是的，那裏不通火車，坐汽車大概要半個多小時。」本傑明又指指地圖。

「你很熟嘛，以前去過嗎？」海倫看着地圖，「沒聽

「高地子爵」號火車時間表

站名	到達時間	停留時間
馬斯勒本	18:00	—
伯明翰	23:10	20分鐘
曼徹斯特	02:40	10分鐘
格拉斯哥	06:30	15分鐘
因弗內斯	11:00	—

你說過。」

「兩年前全家去那裏旅行過一次。」

「看見尼斯湖怪獸了嗎？」海倫馬上問。

「哎，牠躲着不肯出來見我，去那裏的人誰不想看見怪獸呀，可惜沒碰上。」本傑明抓了抓頭髮，「要不我一個人就能抓住牠，哪有現在這麼多麻煩。」

「看看，又吹牛了，就你那點法術，在湖裏抓條魚還差不多。」海倫笑他。

「哼，你們劍橋的連魚都抓不到。」

「你！」海倫有些生氣了，「你們牛津的不但抓不住魚，還要被魚抓。」

「你們才被魚抓呢。」本傑明激動地叫嚷起來，「連浮游生物也能抓住你們。」

兩個人如以往一樣又開始吵架了，保羅在一邊看着，索性關閉了自己的收音系統，兩個人吵得他有點頭暈。

「我說行啦！兩個小壞蛋，讓我的腦子清靜一會兒好嗎？」博士被吵醒了，他揉揉眼睛，伸個懶腰，又皺皺眉頭，「我怎麼僱了你們這兩個小壞蛋呀？再吵我就不帶你

們去了。」

「我最親愛的博士先生，我們不吵了，你繼續睡覺吧。」本傑明馬上滿臉堆笑。他已經摸透了博士的脾氣，他生氣時只要聽到兩句好話氣就立即消了。

其實，了解博士的人都知道，博士是天生的好脾氣。

「我也不吵了，對不起，博士。」海倫馬上檢討，「你接着睡吧。」

「不睡了。」博士緊皺的眉頭已經舒展，「還有二十分鐘就開車了，睡不着了。」

三個人沒精打采的坐着，看着來來往往的人羣。突然，一直趴着的保羅站了起來，他牢牢地盯着一個人。

遠處，一個身穿一身黑色衣服，連皮鞋也是黑色的青年男子走了過來。他手裏提着一個皮箱，看樣子是要去旅行。這個男子臉色陰沉，像是在思考什麼事情。他低着頭匆匆從三人前面走過，還帶起了一陣風。

「汪汪！」保羅衝他叫了兩聲。

狗的叫聲好像突然打斷了這名青年男子的思緒，他看了一眼保羅，同時也注意到了博士他們。他的臉上似乎掠過一絲吃驚的表情，但是很快又恢復了平靜，匆匆消失在熙熙攘攘的人羣中了。

「這個人不尋常，」博士表情很嚴肅地點點頭，其實博士一直在盯着他，「他肯定會法術。」

「我沒看出來呀。」本傑明說。

「我也沒看出來。」海倫望着那個男子消失的方向說。

「這個人好像有什麼不對勁的地方。」博士若有所思地說，「他身上的邪氣很重。」

「啊？」兩個助手都大吃一驚。

「老伙計，你都看出了些什麼？」博士蹲下來，小聲地問保羅。

「他邪氣太重了，最近和妖怪打交道的概率是70%。」保羅搖搖尾巴小聲對博士説，此時他早已重新打開了自己的收音系統，並開啟了預警裝置，「這都是我高速統計的資料，準確率在90%至100%之間。」

「他是怎樣一個人呢？會法術的人如果心術不正，危害可就大了。」博士話語變得沉重了。

保羅的話兩個助手也聽見了，他們似乎感到了問題的嚴重性，但是那個男子一下就不見了，而且他也沒做什麼壞事，大家只能靜觀其變。

「開往高地郡因弗內斯的『高地子爵』號火車十五分鐘後就要開車了，請旅客們馬上到第三站台上車。」

這時候車站發車的廣播開始了。聽到廣播，大家不

再想其他事情了。三個人馬上拿起各自的旅行箱向站台走去，保羅被海倫抱着。車票在檢票口的讀碼器上面劃過被確認，順利通過站台。

「高地子爵」號火車是穿越英國南北的豪華火車，此時雄赳赳地靠在站台旁邊準備出發。這列火車很受旅客歡迎，它速度快，設備先進，已經成為很多倫敦人前往蘇格蘭旅行的首選。

「九號車廂的五號包廂，」海倫拿着手中的車票看了看，「在那邊。」

三個人走到九號車廂門口，前面已經有幾個人在排隊。

「博士，你快看！」本傑明非常吃驚地指着旁邊十號車廂的門口，「那個黑衣人。」

穿黑衣的青年男子正準備走進十號車廂——沒錯，就是他。

那個男子這時也發現了博士他們，他的心一沉，不過臉上沒有絲毫表現。他很快上了十號車廂。

「這是一次不平凡的旅行。」望着十號車廂，博士表情嚴肅地說。

海倫和本傑明看看博士，都有些緊張，他們也感受到某種異樣的氣氛。

三個人進了車廂，很快就找到五號包廂，拉開包廂門，博士先走進去。裏面有四張牀，都在窗戶兩邊上下排列。

「我睡上鋪，我就喜歡上鋪。」本傑明一進去就把自己的旅行箱放進行李櫃，再幫博士和海倫放好他倆的箱子，然後飛快地爬到窗戶左面的上鋪躺下來，「真不錯。」

大概是孩子都愛活動的原因，海倫選擇了窗戶右面的上鋪。博士自然要睡在下鋪了，下面兩張牀他隨便挑。

保羅進來以後東張西望，看見博士在窗戶左面的下鋪坐下，他便安靜地趴在博士腳邊。

「告訴你們，」海倫故意壓低聲音，還向包廂門那裏看了看，「剛才我進車廂的時候，那個黑衣人也在他的車廂裏朝我們這邊看。他看見我在看他，馬上把頭縮回去，看起來很不自然。」

「那傢伙是不是要炸毀火車呀？」本傑明開始展開他的想像力，「他皮箱裏是炸藥吧？」

「就會亂猜。」海倫顯然不滿意這個答案，「不大可能。」

「那你説他要幹什麼？」

「我也不知道。」海倫説着看看博士，「博士，你説呢？」

「很難說呀。」博士坐在下鋪看着窗外，「但願我們看錯了他，否則這車上可有麻煩了。」

「這車是要有麻煩了。」保羅站起來說，「有麻煩的概率在50%以上，這是我最新統計的結果。」

「嗚——」一聲汽笛長鳴之後，火車在六點準時開動了。站台上的柱子一根又一根向後退去，「高地子爵」號火車慢慢駛出車站，然後飛速向前方開去。

「但願沒有不好的事情發生。」博士說。

「咚、咚……」這時候傳來敲門聲。

第三章　餐車上的爭執

大家馬上停止了議論，博士看見門外站着的是一位留着小鬍子的乘務員，他趕快拉開門。

「什麼事，先生？」

「歡迎乘搭『高地子爵』號火車，請出示你們的車票。」留小鬍子的乘務員很有禮貌地説。

三個人馬上拿出車票來。

「謝謝。」乘務員看過車票，又把車票還給博士，「我叫馬丁，是本車廂的乘務員，有什麼事情請吩咐，祝你們旅途愉快。」

「謝謝。」博士接過車票，問：「請問餐車在幾號車廂？」

馬丁回答説：「餐車在七號車廂，如果有需要你們也可以訂餐，本次火車竭誠為你們服務。」

「謝謝，我們去餐車用餐。」博士笑着對馬丁説。

「不客氣，旅途愉快。」馬丁説完拉上門走了。

「走吧，孩子們。」博士説，「不管發生了什麼事，飯還是要吃的，我們一起去餐車吧。」

博士帶着兩個助手到了餐車，保羅留在車廂裏，他不用吃飯，大家給他帶了幾瓶潤滑油，夠他吃——也可以說夠用一個月的了。

餐車裏的人不多，博士他們找了張桌子坐下，然後各自叫了份晚餐吃起來。

海倫邊吃邊看左右，說：「他沒來。」

「誰？」本傑明問，「你是說那男的？那個黑衣人？」

「還有誰？就是他。」

「也許他訂了飯。」

幾個人低頭吃着飯。突然，鄰桌一個正在吃飯的人大聲叫喊起來。

「這叫什麼飯?! 這約克郡布丁的味道太差了！」

發怒的是一位穿着名牌衣服、手上戴着兩枚特大鑽戒的先生。他個子不高，看上去有四十多歲，模樣兇巴巴的，他發怒的時候頭髮似乎都豎了起來。顯然，他對火車上的飯菜極不滿意，使勁用刀叉敲着桌子。

「你們怎麼能這樣對待一位貴族？拿豬食來唬弄我，我可是有身分的人……」他大喊大叫，看見所有的人都在注視着他，就叫得更響了。

「對不起，先生。」一名侍者走過去，面帶微笑，

「我能為你做點什麼？」

「給我換了這豬食，我要新鮮生蠔，我有的是錢，快去換，去呀……」

「是的，先生，你稍等。」侍者説完，快步走向餐廳廚房。

「我覺得飯菜還可以呀，怎麼説是豬食呢？」本傑明小聲説，「還説自己是貴族，真沒風度……」

博士也小聲説：「有些人總搞不清楚什麼叫貴族，以為有錢就是貴族了。」

「我討厭這種人。」海倫説着站了起來，「我走了，去看看那個黑衣人在幹什麼。」

「海倫！」博士差點跳了起來，他一把拉住海倫，「你可別去招惹他。」

「我不會的。」海倫看見博士有些緊張，知道那個黑衣人應該很不好對付，「我就四處轉轉，不會去惹他的，你別那麼緊張……」

「那你自己小心。」博士放開了海倫，海倫並沒有本傑明那麼冒失，這點博士很放心。

海倫剛走，侍者就給那位挑剔的先生端來生蠔，這可是好東西，一個就要兩英鎊呢。

「這是狗食！」可是這位先生只看了一眼生蠔就大聲

罵起來，「你們都是騙子！叫你們車長來！」

「你可以先嘗一下……」

「聾子嗎？我說叫你們車長來。」那個人更大聲了。

「是，是。」侍者感到很委屈，但是他還是馬上答應了。

侍者快步走進餐車廚房，裏面可以打電話。不一會兒車長就來了，車長的身體稍微有些發胖，面色紅潤，年齡大概有五十歲。有意思的是，這位車長看起來跟博士有點像，樣子都很和藹可親。

「我是本次火車車長利奧。」車長非常有禮貌地對那個亂喊亂叫的先生點了一下頭，「請問你有什麼吩咐？」

「你們餐車的飯菜味道太差！和我在倫敦吃的不一樣！」

「先生，我們的廚師是從倫敦薩伏依餐廳請來的呀。」

「哼，薩伏依有什麼了不起。」那個挑剔的男子用手指着車長，「我在倫敦住蘭斯布容飯店，知道嗎？一千英鎊一天！」

「知道知道，真對不起。」車長微微彎了一下身子，他始終面帶微笑，「要不這頓飯算我們請客，你不必付賬。」

「什麼？」聽到這話，男子好像更加憤怒了，「你是說我沒錢？告訴你，我有的是錢！」

「太對不起了，我不是這個意思，先生……」

「什麼豪華火車，一羣騙子！」說着，男子站了起來，從口袋裏掏出兩張50英鎊的鈔票，往桌子上一扔。他手上的戒指在燈光下閃閃發亮。

全餐車的人都瞪着他，本傑明覺得這個傢伙真是不可理喻。

「這些錢夠嗎？」

「夠、夠，太多了，先生。」

「別找了！這吃的是什麼飯！哼！」說完，他朝前面的車廂走去，那裏應該是頭等車廂了——這麼有錢的「貴族」自然要乘頭等車廂。

車長看着男子的背影，皺着眉搖了搖頭。然後他朝餐車的廚房走去，經過博士他們吃飯的桌子時，博士站了起來。

「尊敬的車長先生，」博士笑着說，「我們對這裏的飯菜和服務都非常滿意。」

「謝謝。」車長馬上對博士和本傑明點頭微笑，「非常感謝！」

「不是所有的人都能夠控制好自己的情緒。」博士説，「你不用太在意那位先生的話。」

「非常感謝，先生！這種事情我碰到過不少。」車長微笑着衝博士點點頭，他在這條線路跑了三十年，的確什麼樣的人都見過。

這時候，海倫匆匆推開餐車的門走了過來，她走得很急。剛才的那一幕她沒有看見，本傑明剛要講給她聽，海倫卻制止了他。

「博士，本傑明，你們兩個快到包廂去，保羅有話要説。」海倫焦急地説着，好像有什麼事情發生了。

「怎麼了？」博士馬上站起來，他的臉沉了下來，「他被黑衣人攻擊了？」

「不是，我去找那個黑衣人，沒有找到就回到包廂。」海倫説，「保羅説有事情讓你們馬上回去。」

「那快走吧。」博士説完把一些錢放在桌子上，然後領着兩位助手急急忙忙走回包廂，一進門他就看見機械狗保羅非常緊張。

「那個傢伙，就是穿黑衣服的那個，剛才盯着我們的房間看，我叫了半天他都不走。」保羅急忙把剛才碰到的事情告訴博士。

「看樣子是來偵查的。」博士摸了摸保羅的頭安撫他，「那人就只是看看嗎？他有沒有進來的意思？」

這黑衣人是什麼身分？
他有什麼目的？

「我想如果我不叫他就進來了。」

「大家注意！」博士很嚴肅地看着兩個助手，又看看保羅，「我覺得那個黑衣人非常危險，他的法術不在我之下，大家千萬小心，他來我們這裏肯定不懷好意……他一定看出我們也是會法術的人了。」

「他是不是要幹壞事呀？」海倫問，「我想他是怕我們妨礙他，他如果是正常的魔法師，為什麼來偵查我們？」

「是這樣的。」博士點點頭。

「他要幹壞事的可能性在50%以上。」保羅又提供了統計資料。

「那我們先抓住他再說！」本傑明揮了一下拳頭，「有博士在，再加上我和海倫，不用怕那個傢伙。」

「問題是他現在什麼也沒幹，憑什麼抓他？」海倫馬上制止本傑明。

「海倫，」博士看看海倫，「他在哪個房間？」

「十號車廂裏有好幾個包廂都拉着門簾，我沒看見他……對了，這列火車是這樣的，七號車廂前面的二到六節車廂是頭等車廂，八到十四節是二等車廂，十四節往後是三等車廂和郵政車廂，其中三等車廂都是短途旅客，沒有包廂。」

「很好，海倫。」博士說，「要提防那個傢伙，去十號車廂更要小心。」

「他襲擊不了我們，博士。」保羅指指自己，「我已經把他身上的氣味記錄下來了，只要他離我有二十米遠，我就能發覺他了。」

「我並不是怕他襲擊我們。」博士語重心長地說道，「如果他攻擊旅客或者做別的壞事，麻煩就大了……」

博士看看窗外，此時外面已經完全黑下來了。火車已經完全進入夜間運行，「高地子爵」號不知疲倦地飛速前進。

「我可以經常去十號車廂走動一下，如果他出來活動就跟蹤他。」本傑明說着站了起來，馬上就要去十號車廂，「這樣可以阻止他幹壞事。」

「這也是個辦法。」博士說，「你和海倫辛苦一下，都去那邊看看，注意不要靠他太近，你們的法力都遠在他之下。」

「那我也不怕他！」本傑明滿不在乎地說，「因為我是正義的。」

「我也不怕他。」海倫也說。

「好，你們輪流去那邊轉轉吧。海倫，你先去看看。」

海倫出了門，到十號車廂去監視那個男子。

十號車廂乘客不多，雖然有些人進出，但是沒見那個黑衣人出來。通過偵查，海倫確定那個傢伙的包廂不是三號就是十二號，因為沒有旅客的包廂門上的簾子都打開着，而拉上簾子的包廂就只有這兩個始終沒見有人進出。

時間已經到了晚上十點，在十號車廂盯了半天的海倫回到自己的包廂，博士和本傑明都還沒有睡。

「沒有什麼動靜。」海倫揉揉眼睛，「我都想睡覺了。」

「我去看看吧。」本傑明説着站了起來。

「不用去了。」博士説，「我們都早點休息吧，也不能整晚都盯着他。」

「他不會幹什麼壞事吧？」海倫問。

「很難説呀。」博士看看漆黑的夜晚，又看看手錶，「半夜我去那邊轉轉。」

「博士，」本傑明一邊説話一邊拉上了窗簾，「我想問問你怎麼知道那個傢伙一定是壞人呢？」

「這個嘛……」博士停頓了一下，「我也是憑感覺，憑我這一百多年的經驗和感覺，那個人雖然不是妖魔鬼怪，但是他身上的邪氣很重，他走路的時候有風，可是腳步卻幾乎聽不見，這説明他是一個魔法相當高的人。」

「還是博士有經驗。」海倫佩服地說。

「你們工作久了，也會有經驗的，不過我很納悶他哪裏來的那麼重的邪氣呢？」博士說。

「我原來還以為會魔法的人都是好人呢。」本傑明說，「我的同學都是好人，我們學校捉妖系畢業的也沒聽說過誰是壞人，幹了什麼壞事。」

「那麼多畢業生，難免有幾個變壞的。」博士站起來，把包廂門的門簾也拉上了，「以前我碰到過一個會魔法但是變壞的傢伙，和他鬥了半天才制伏了他。這些傢伙一旦變壞就會異常兇惡。」

「那你看黑衣人的法術有多高超呢？」海倫比較關心這個問題。

「反正不低，他可能也看出保羅不是一隻真正的狗了。」博士看了看保羅，「雖然看他的樣子很年輕，但是法術水平不低。」

「我們盡量小心吧。」海倫開始有些擔心了，其實海倫的法術也是很厲害的。

「好了，大家休息吧，明天到了尼斯湖可不會閒着呢。」博士招呼兩個助手馬上睡覺，「保羅也可以休息，不過預警系統要始終開啟。」

「好的。」保羅在博士的卧鋪下面趴下。

跟電腦不能天天開着一樣，機械狗也要休息。他可以關閉其他系統，只開啟預警裝置，在這種情況下，如果一百米範圍內有魔怪出動或者作惡，預警裝置仍然能檢測到，而保羅已經錄下了黑衣人的氣味，這樣黑衣人只要距離他二十米，預警裝置就能作出反應。

「對了，我還有點事情，要出去一下。」博士說完走出了包廂門。

沒過一會兒，博士回來了。他拿出自己的手提電話，按了幾個按鍵，突然，他看見本傑明和海倫沒有睡覺，都在看他，就笑了起來。

「不要緊張，我剛才去問了一下馬丁，火車什麼時候經過斯塔福德，他說在凌晨零點三十五分左右。我怕醒不了，想用手提電話報時。」

「你的意思是要在火車上看看斯塔福德嗎？」海倫問。

「是呀，這是我的故鄉，也是我從小學習魔法的地方。」博士感慨地說，「不能下去看，在窗戶裏也要看看呀。」

「我總以為你的老家是倫敦。」本傑明說，他現在已經躺在臥鋪上了。

「我是在斯塔福德出生的，二十歲時才到倫敦工作，算起來在倫敦的時間遠比在老家長。的確，現在我都搞不清楚我到底該算哪裏的人了。」

剛說到這裏，火車走廊裏的燈一下子都熄滅了，只有一些離地面很近的壁燈還在亮着。休息的時間到了，整列火車忽然靜了下來，旅客走動的聲音基本上消失了，隔壁包廂剛才一直響着的電視機聲音也聽不見了。

只有「高地子爵」號火車沒有休息，它忠於職守地載着眾多的旅客努力向北，向蘇格蘭方向疾駛着。

「晚安，孩子們，睡個好覺。」

「晚安，博士。」

連同保羅在內的魔幻偵探所所有成員都睡下了，他們的包廂外，除了火車工作人員，幾乎所有的旅客都開始休息了。但是在火車十號車廂的三號包廂裏，那個黑衣男子可沒躺下——他一直都沒閒着。

第四章　暗夜中幽靈出現

火車在漆黑的夜間行進，整個英格蘭大地一片寂靜。月亮已經被一片黑雲遮掩住，它努力想撥開黑雲看看大地，但是雲層實在太厚了。

外面颳起風來，當然火車裏的人是感覺不到的。「高地子爵」號像個鋼鐵巨獸轟鳴着向北前進，它經過的那些村鎮也都進入了夢鄉，只有零星的燈光從一些窗戶中透了出來。

夜色中，火車第一個停靠站是伯明翰車站，時間是晚上十一點十分，停車的時間是二十分鐘。伯明翰車站可是個大車站，在英國所有車站中也名列前茅，比這列火車第二個要停靠的曼徹斯特車站要大很多，而斯塔福德就在這兩個城市之間靠伯明翰的這一邊。博士對這些太熟悉了，他二十歲以前一直在這邊生活，兩個城市他都經常去，他還是伯明翰足球隊的忠實球迷呢，直到現在也是。雖然這支球隊老是在甲級和超級聯賽中晃來晃去，一不小心就降級，但是多少年來博士始終如一地支持着伯明翰隊。

火車到達伯明翰的時候，博士正處於熟睡之中，不過本傑明倒是醒了，小傢伙的腦子裏一直裝着那個黑衣人，他起身下來，朝洗手間走去。洗手間在靠近十號車廂的地方，出來以後本傑明特意朝十號車廂看了看。

十號車廂的情況和九號車廂沒什麼區別，都很安靜。忽然，離洗手間很近的一個包廂的門開了，走出一個人來，本傑明的心一下懸了起來。「是那傢伙起來幹壞事嗎？」本傑明想。不過他仔細一看，出來的是一個年齡較大的男人，他當然不是那個年輕的黑衣人。本傑明懸着的心才放了下來。

「也許是我們自己太緊張了吧？」他自言自語。

那個男人抬頭看了一眼本傑明，就徑直走向十號車廂的洗手間。本傑明覺得自己很好笑，於是往回走。

就在本傑明往回走的時候，突然，一個白色的氣團從他頭上的車廂頂部飛過。不過他根本沒有發現，他功力較淺，如果是博士或者海倫，都能夠發現這個不祥的氣團。

白色氣團迅速向頭等車廂飛去，保羅的預警裝置沒有任何反應——這個預警裝置不是萬能的。

本傑明回到自己的包廂，他看見博士睡得非常熟，還打着呼嚕，不禁暗笑了一下，然後爬上自己的牀鋪倒頭便睡，繼續做他剛才沒做完的自己一個人抓住五個黑衣人和十頭怪獸的英雄夢。

火車在伯明翰停了二十分鐘以後重新開動，城市中眾多的燈光一下就被甩在了背後，火車又開始在黑暗中前進。「高地子爵」號非常努力地往前跑，好像要馬上趕到目的地，大概它也感覺到有什麼事情要發生了。

凌晨零點十三分，放在博士枕頭底下的手提電話開始強烈震動，它盡自己的職責要搖醒主人。博士一下就被驚醒了，他爬了起來，知道自己的家鄉就要到了，雖然還沒完全睡醒但是卻開始激動了。

博士坐到窗前，拉開了一點窗簾看着外面。遠處斯塔福德的燈光越來越近了，這是他一直掛念的燈光。這裏是他非常想念的城市，此時的博士百感交集。

博士六歲就進入斯塔福德學院學習法術，他從小就嚮往當一名捉妖除怪的英雄。在學校裏，他的成績非常好，一直讀到博士，畢業成績就是親手抓住一隻特大的吸血蝙蝠。他謝絕了學校讓他當教師的工作，在斯塔福德開了家偵探所。後來，在倫敦的一個同學勸他把偵探所搬到倫敦，如果這位同學不是在貝克街給他找到偵探所的開業地點，他才不會來呢。博士非常崇拜福爾摩斯，覺得能和這個世界聞名的大偵探當鄰居是自己的榮幸，儘管他們破的案子類型不一樣。

這位同學後來去了牛津大學，擔任了捉妖系的主任，本傑明就是他推薦來實習的。本傑明這個孩子非常聰明，就是有點貪玩，做事情不夠認真。海倫則是一畢業就來到偵探所毛遂自薦當助手——南森博士在圈子裏可是大名鼎鼎的。

這兩個孩子跟了博士後已經有了不少長進，只是一個來自牛津、一個來自劍橋，兩人總是吵架，這令博士非常頭痛。兩校誰高誰低的爭論由來已久，現在各代表一方的兩個學生經常在偵探所裏展開辯論，博士根本就沒有指望這個爭論能在未來一千年時間內得以解決。

博士看着兩個熟睡的孩子，也找到一些自己小時候的影子：本傑明的頑皮，海倫的認真。他的年齡雖然比這兩個孩子大十倍，有一百二十歲——這在會法術的人羣裏不算大，但是他發現跟這兩個孩子在一起自己更加年輕了。

所有認識博士的人都說他年齡越大越像小孩子了，在玩電子遊戲這方面他還是本傑明的學生。博士真像個孩子，就連看電視他也喜歡看卡通片，海倫看過的所有漫畫書他都要看一遍，有時候他甚至還喜歡吃零食。

這真是有趣的事情，和小孩在一起自己也變成小孩了。

火車此時正駛過斯塔福德，這是個小城市，夜晚的燈光很少。博士一直在窗戶旁邊看着外面，直到火車開離城市很遠距離。

辦完尼斯湖怪獸的案子後，應該暫時停下工作回老家看看，博士想。

除了隆隆的車聲，火車內外都是一片寂靜，一絲倦意爬上博士的臉。他站起身，看見熟睡中的本傑明把被子踢到一邊去了，博士忙起身幫他蓋好。

正在這個時候，他感覺到有不平常的動靜。

那個白色的不祥氣團正從車廂頂部飄向十號車廂，此時正好經過博士他們的包廂。包廂門上的門簾沒有拉好，博士感覺到了一絲異樣，他抬頭一看，正好看見了這個氣團。這個氣團令人感到非常的不安，這是一個令人恐懼的氣團，它路過的地方空氣一下子都變冷凝固起來，博士強烈感覺到這個氣團內似乎還裹着什麼東西。

「有魔怪！」這是博士的第一感覺。

突然，從那個氣團中飄下一個東西來。博士馬上唸口訣。

「來來，空氣將你傳遞來。」

那個東西穿過關着的包廂門直飛到博士手裏。博士拿在手中一看，竟然是一張面值50英鎊的紙幣。

怎麼回事呢？博士想，突然感覺捏着紙幣的手很黏，他翻過紙幣背面一看，上面竟然有幾滴血，是新鮮的人

紙幣從何而來？為何帶血？誰人遇害？兇犯的目的是什麼？

血。這是一張帶血的紙幣！

「快起來！」預感的事情終於發生了，博士馬上招呼大家起來，「有情況，快！」

「什麼事呀？」海倫第一個起來，「到站了嗎？」

「應該是白天到站呀。」本傑明揉着眼睛也坐了起來。

此時的博士根本來不及解釋，他拉開包廂門，一個箭步跨了出去，那個白色氣團就在前面，沒有飄遠，他大概沒有發現有人追了出來。

「魔怪！」博士叫道，他衝向那個氣團，伸手就是一拳，「不要跑！」

一張慘白的臉從氣團中冒了出來，那是一張魔怪的臉，這張臉很噁心，誰看過一眼都不願再看第二眼。這個魔怪的兩隻眼睛就像兩個深陷下去的黑洞，裏面沒有眼球，兩個耳朵尖尖的，樣子實在嚇人。

博士一拳打在白色的氣團上，那個鬼臉很痛苦地扭動了一下脖子。突然，從氣團中伸出一隻又白又長裸露着白骨的爪子，爪子抓向博士。此時火車突然一晃，博士沒有站穩，靠在了車廂上。

那隻爪子兇猛地拍向博士，博士用手一擋，雖然擋開了爪子，但是手背被抓了一下，鮮血馬上就流了出來。

劃傷博士手背的爪子又在車廂壁上劃過，頓時車廂壁上的鐵皮被劃開了一道口子，像是被機器切開的一樣。

「博士，你怎麼了？」海倫跑了過來。

魔怪一看有人來相助，「嗖」的一聲從車廂頂部飛了出去，不見了。

「我沒事……」博士說着從口袋裏掏出了一瓶急救水，在手背倒上幾滴，血一下就止住了。

「啊！博士，你受傷了？」海倫拿起博士的手看了看，博士的手背上有兩道很深的口子。

「沒事了。」博士也看看傷口，「火車上有幽靈！我找到一張帶血的紙幣。」

本傑明和保羅也跑了過來，明白了剛才發生的一幕後都吃了一驚。

「幽靈？什麼樣的幽靈？」海倫急切地問道。

「好像是一個遊走幽靈。」博士說，「他隱身在一個白色氣團中。」

「這列火車上有幽靈？」本傑明有點不知所措，「是和那個黑衣人一夥的嗎？難道黑衣人身上的邪氣來自這個幽靈？」

「很有可能。」博士抬頭看看車廂頂部，「海倫，拿上幽靈雷達，我們去找找，估計他向十號車廂去了。」

「肯定和黑衣人有關。」海倫馬上取來幽靈雷達，「黑衣人不在三號包廂就在十二號包廂。」

「我的最新分析是黑衣人100%和幽靈有關，他們是一夥的！」保羅說。

「我們小聲點，那個幽靈剛才和我交過手，一定很警覺！」博士說着拉開門，「我們現在就去十號車廂的三號和十二號包廂門口探測，如果有情況我們就進去抓他。」

火車上有魔怪幽靈，這是大家始料未及的，一開始大家的關注點全在黑衣人身上，現在居然又出現了一個幽靈！情況危急，博士他們一定要阻止他，現在魔幻偵探所的成員都認為，這列火車上已經有人遇害了。

博士帶着助手悄悄前往十號車廂，保羅也跟在後面。到了十號車廂的三號包廂那裏，在距離門口十米的地方海倫就停了下來，她把幽靈雷達對準包廂門口，然後按下開機按鈕，專門搜索幽靈魔怪的雷達沒有反應。海倫沒有說話，關了雷達並衝博士拚命搖頭，博士用手指了指前方。

大家繼續小心地向前走去，再往前走就是十二號包廂了，三個人此時都認為黑衣人和幽靈肯定都在那裏。在距離十二號包廂大約十米的地方，博士示意大家停下，海倫準備再次打開雷達開關。兩個助手此時都非常緊張，保羅將追妖導彈設置成預備發射狀態。

「如果發現有幽靈，你們就和我一起唸穿牆術口訣進去。」説着博士從口袋裏掏出綑妖繩，準備隨時捉妖。

海倫的手有些抖，她打開了雷達開關，本傑明看得出她的精神緊張到了極點。

只要雷達的紅燈一亮，就説明裏面有幽靈。博士開始準備唸穿牆術口訣了。本傑明也在努力想口訣，可是他有點慌，怎麼也想不全。

一直反應敏捷的幽靈雷達卻沒有顯示發現目標的信號。海倫關了機又重開，然後往前走了幾步，把雷達對準包廂門，但是雷達仍然沒有反應。

這麼近的距離，雷達應該有反應呀。看見雷達始終悄無聲息，海倫緊皺着眉頭，對博士和本傑明直搖頭。

遇到這種情況，大家都有點不知所措。

海倫拿着雷達開始對着身邊的包廂進行盲目搜索，博士突然拉住她和本傑明往自己的包廂走去。保羅跟在後面，誰都不清楚為什麼博士不讓他們搜索那個幽靈了。

海倫和本傑明跟着博士回到自己的包廂後，都不解地看着他。

「可能他藏起來了，也許是他魔法高。」博士表情十分嚴肅，「另一種可能是他暫時飛出了火車。我們遇到對手了。」

「這台雷達100%是運作正常的。」海倫又打開了幽靈雷達，進行仔細檢測，「絕對沒有問題。」

突然，雷達的紅燈亮了！

海倫一把抓起了幽靈雷達，開始操作，臉上顯露出驚異的表情。海倫瞪大眼睛看着博士，又看看本傑明，然後用手指了指車頂。

「他在車頂嗎？」博士説着站了起來，他壓低了聲音。

「現在我們該怎麼辦？」本傑明非常緊張，喘着粗氣，「他要攻擊我們嗎？」

「他就在車頂，他剛從我們頭上走過。」海倫操縱着幽靈雷達，仔細搜索着那個幽靈，「我的天呀，不是一個，是三個幽靈！」

「啊？」博士差點喊出來。

車廂裏的人都緊張起來，本傑明連大氣都不敢出了，大家全都握緊拳頭，眼睛死死地盯着車廂頂，那裏隨時會突然冒出三個魔怪幽靈向魔幻偵探所成員展開攻擊。

大家等待着幾隻乾癟有力還裸露着白骨的爪子突然從車頂伸下來！

「怎麼回事？他們走遠了。」過了大概十幾秒鐘，並沒有什麼幽靈從天而降，海倫看着雷達熒幕說，「好像去車頭了。」

「他們沒發現我們？」本傑明感到很疑惑，「他們應該知道我們就在這裏呀。」

「我們上車頂看看！」博士下了決心，「大家做好戰鬥準備！」

「擋不住我的心也擋不住我的形。」博士帶着助手開始唸穿牆術口訣，保羅也跟着唸起來。

眨眼間，博士、海倫和保羅就穿越了車廂站在了車頂上。車頂上風呼呼地颳過，海倫被風吹得趴在車頂上，博士連忙扶起她。

「擋不住我的心擋住我的形。」由於太緊張，本傑明唸錯了口訣，把「擋不住我的形」唸成「擋住我的形」。剛說完，他就騰空而起，但是就在將要穿越車廂的時候，他的頭重重地撞在了車廂頂，人一下子掉了下來，還好牀鋪接住了他。

「哦！天哪！」本傑明喊叫起來，「痛死我了。」

「本傑明呢？」博士發現本傑明沒有站在車頂，非常焦急，以為他掉了下車。

車頂上疾風呼嘯，「高地子爵」號在飛速奔馳。在夜光下，遠處的丘陵和一條微微泛着銀光的河流清晰可見。

「我沒看見他上來。」保羅説道。

「糟糕！他不會掉下車了吧？」博士低聲説道。

「肯定是唸錯口訣了。」海倫想了想，她確實挺了解她的牛津小對頭的，「不要着急，他會上來的。」

「擋住我的心也擋住我的形……」車廂裏，本傑明捂着腦袋唸着口訣，「不對，全給擋住了……擋不住我的心也擋不住我的形……」

這回他説對了，人一下子就穿越車廂飛上了車頂，不過他在穿越車廂的時候卻是緊閉着雙眼，生怕再碰到頭。

「不好意思。」本傑明用手捂着頭，不過這次成功了，沒有再碰頭，「剛才唸錯口訣了……啊呀……風真大……」

「你站穩了。」博士馬上扶住本傑明，「跟我一起唸口訣，記住，不要再唸錯了！」

「我知道……」

「鞋底長吸盤。」博士第一個唸道。

「鞋底長吸盤。」海倫、本傑明和保羅跟着唸。

頓時，大家都感到自己的腳底好像產生了很強的吸附力，緊貼在車頂上，身體雖然仍被風吹得有點晃，但是已經站得非常穩了。

「他們在車頭。」海倫看看手裏的幽靈雷達，「我們怎麼辦？」

「跟我過去。」博士開始向車頭走去，幾個助手緊跟在他後面。

在車廂頂上行走的經歷，無論是對博士還是他的助手，基本上都是零，由於有了鞋底吸盤，他們走得不快但是很穩。只有海倫不停地往腦後攏着頭髮——風把她的頭髮吹得亂飄，老是擋住她的視線。

也許有一場惡戰正在前面等待着他們。無論是海倫還是本傑明和保羅，都已經做好了準備。

突然，他們看見在靠近火車頭的車廂上，有三個綠瑩瑩的小東西坐在那裏。

他們靠近了這三個綠瑩瑩的小東西。博士走在最前面，他擺擺手，示意後面的人停下。

海倫又看看自己手裏的雷達，此時顯示發現魔怪幽靈的紅色柱狀線全滿了。幽靈雷達顯示，可疑物就在前面。

「這不是幽靈。」博士靠近那三個綠瑩瑩的東西，「這是小精靈。」

「誰在說話？」一個小精靈猛地轉過身來，他用憤怒的眼光打量着博士他們。

三個小精靈就在博士他們面前，這些小精靈的個頭只有博士身高的一半大小，頭上面長着兩個不大不小的角，眼睛很大，身體的皮膚光亮，顯得非常有彈性。

這應該是精靈一家——父母帶着一個孩子，他們就坐在車頂，通體放着綠色的微光。

小精靈屬於精靈族，他們和幽靈不一樣的地方不僅僅是他們身材小，還有就是所有的小精靈都是與世無爭的，從來沒有誰聽到或者看到過小精靈做壞事，雖然他們也是魔怪中的一種。

「你們怎麼坐在這裏？」博士好奇地問，由於他了解精靈的特點，所以很放鬆，「你們是精靈族的吧？」

三個小精靈全都站了起來，奇怪的是他們好像和博士有仇，全都用憤怒的目光盯着博士。

「博士問你們話呢，說呀。」本傑明在後面說道。

「說什麼說?!」精靈爸爸雙手插在腰上，「車廂裏不讓待，還追到車頂上來了，火車又不是你們家的！不要以為只有你們會魔法！」

「誰不讓你們待在車廂裏了？」博士很奇怪，他走到了精靈爸爸面前。

「嗨！」最小的精靈一下跳了過來，如果不是被精靈媽媽拉住，他可能直接跳躍到博士腳背上了，「你這個笨老頭，不要碰我爸爸！小心我揍你！」

「喂！」本傑明顯然不高興了，「小孩子説話要注意禮貌。」

「到底發生了什麼事？」博士問，「我們以前好像不認識，也沒有什麼衝突呀。」

「我們是不認識。」精靈媽媽把兒子拉在懷裏，「可剛才你那穿黑衣服的同夥跟我們有衝突，他驅趕我們。」

「什麼，你再説一遍？」博士瞪大了眼睛，「你是説黑衣人……」

「就是他呀，你們這些會魔法的人類不都是一起的嗎？」精靈媽媽繼續説，「你們還都在同一列火車上……」

「那我們也不一定就是一起的呀！」博士叫了起來，他有些不高興了，「你們説的會法術的黑衣人我不認識。」

「是這樣嗎？」精靈爸爸似乎感到有點不好意思，「你們不認識？」

「絕對不認識。」博士口氣堅決，「你們怎麼會在車上？還跑到車頂來？」

「哈哈……」精靈爸爸朝精靈媽媽笑笑，「乘務員上車頂來查票了。」

「噢，我不是乘務員。」博士也笑起來，氣氛開始緩和了，「你看我這個年齡當個乘務員是不是太大了？」

「那倒是……」精靈爸爸點點頭，「我們是從伯明翰上車的，想在沒有被邀請的情況下搭個便車，上來後我們準備隱身在十號和九號車廂的接合位置待一晚，明天到格拉斯哥就下車。可是那個會魔法的黑衣人不知道從哪裏冒出來，他讓我們滾下車。哼，火車又不是他家的，憑什麼趕我們下車……」

「那個黑衣人驅趕你們？」海倫也湊了上來。

「是呀，他說我們擋着他發財了。」精靈媽媽很氣憤。

「你們擋着他發財？」博士若有所思地看着三個小精靈。

「反正他是這麼說的。」精靈爸爸衝博士眨眨眼睛，他的目光比剛才溫和多了，「我能感覺到那傢伙的法力很大，因此我們一家只好上車頂來，原先我們在車尾，現在我們剛到車頭你們就來了，所以我還以為你們是他派來趕我們下車的呢。」

「原來是這樣。」博士恍然大悟，「我說一貫平和的小精靈怎麼今天這麼大火氣呢。」

這句話說得三個小精靈都不好意思地笑了。

「老頭，」最小的精靈走到博士面前，誤會消除了，他顯得有點興奮，「我叫路易士，這是我爸爸大衛和我媽媽安妮，我們是精靈三人組，你們是……」

「我叫南森，從倫敦來。」博士開始自我介紹，「這是我的兩位助手本傑明和海倫，還有我們的好伙伴機械狗保羅……」

「路易士你好。」海倫馬上衝小精靈揮揮手。

「倫敦的？南森？」精靈媽媽好像想起了什麼，「你們是倫敦魔幻偵探所的？」

「是的，你也知道我們？」博士感到有些意外，卻很自豪。

「知道，當然知道。」精靈爸爸接過了話，「魔怪世界都知道你們。你們又在破案了？」

「是的，剛才我們遇到一個幽靈，幽靈已經害過人了，那個驅趕你們的黑衣人應該和這個幽靈有關，看來你們妨礙了他……」博士説到這裏，有了一個想法，「不知道你們能不能幫我們一起找那個幽靈？我們剛剛發現了一張帶着新鮮人血的紙幣……」

「這個……不！算了。」精靈爸爸馬上打斷了博士的話，「你知道我們精靈一貫與世無爭，我們只想去格拉斯哥，要不是路易士扭傷了翅膀我們就直接飛過去了，根本不會上這列火車……」

「爸爸，」路易士拉了拉爸爸的手，「你不是說我們雖然與世無爭，但是遇到不好的事情也要管嗎？」

「沒有你的事。」精靈爸爸似乎有點生氣了，他瞪了一眼路易士，「你以為那個黑衣人那麼好對付嗎？」

「噢，那就算了。」看到這種情況，博士馬上說，「你們也要注意安全，這列火車確實不太平，包括車頂上。」

「謝謝你。」精靈爸爸有些抱歉地聳聳肩。

博士衝自己的助手揮了揮手，然後大家往自己的車廂走去。海倫回頭看看精靈一家，小精靈路易士也在看着海倫，他倆互相笑了笑。這個小精靈真可愛，海倫心想。

那個幽靈不在車頂上，博士只好和助手們重新回到自己的包廂裏去，在穿越車廂時，這次本傑明沒有再唸錯口訣。

「我們現在怎麼辦？」本傑明一回到包廂就問，「還找那個幽靈嗎？」

「我們應該馬上去看看到底出了什麼事？」博士手裏拿着那張紙幣，50英鎊紙幣上的血腥味很濃，「要和車長聯繫一下，看看到底出了什麼事情。」

博士說完把紙幣放在保羅的鼻子上。

「老伙計快聞聞，出事的地方在哪裏？」

保羅開始聞那張紙幣，然後又嗅嗅空氣。

「在車頭那邊，那邊有很重的味道，和這錢上的一樣。」保羅站起來就往外走，大家馬上跟了出去。

「應該是頭等車廂出事了。」海倫小聲提示大家。

保羅帶着大家向頭等車廂走去，走到九號車廂乘務員休息室的時候，博士停下來敲門。

「馬丁先生，馬丁先生……」博士小聲喊着。

門開了，乘務員馬丁還揉着眼睛，現在他不用值班。

「什麼事，先生？我能為你做些什麼？」

「快帶我們去找利奧車長，火車上出事了。」

「什麼？」馬丁吃了一驚，清醒了許多，「出事？出什麼事了？」

「我們快走，見了車長再說。」博士拉住馬丁的手嚴肅地說，「我可不是開玩笑！」

「你等一下。」馬丁看到博士這麼嚴肅，意識到有什麼事情發生了，他拿起休息室的電話，撥了車長的號碼。

「很抱歉，車長先生。」馬丁邊說邊看着大家，「有位先生說火車上出事了，他要見你。」

「好的，請他馬上過來。」電話的另一頭回答。

馬丁放下電話後說：「車長請我們馬上過去。」

「那好，快走。」博士催促馬丁。

大家來到車長休息室，利奧車長一見到博士就說：「我們剛才見過。」

博士說：「是的，我叫南森，從倫敦來的，這兩位是我的助手……」

「你就是南森博士？」車長瞪大眼睛，打斷了博士的自我介紹，「我聽說過你，你是抓魔怪的偵探。」

「那我就不多解釋了，我們這列火車上有幽靈！」

「啊？! 你是說『高地子爵』號上……」車長感到有些恐懼，連說話也不太利索了，「那他在在哪……哪裏？」

「咚——」馬丁一下坐到地上，他嚇壞了，「幽靈？就是電視上常看到的那種長着長舌頭、飄着走路、那種可……可怕的幽靈嗎？」

「哦，和電視上的不同，你們不要怕，我會找到他的。現在那個幽靈已經害了人。」說着博士拿出那張帶血的紙幣給車長看，「這是剛剛發現的，出事的地點應該在頭等車廂，我們要馬上去那裏。」

「那快走吧！」

車長一把扶起馬丁，大家都向頭等車廂走去。保羅走在最前面，看起來他的目標很明確。突然，保羅停住了腳步，大家立即緊張起來，保羅從地上銜起一張紙幣。

這又是一張帶血的面值50英鎊的紙幣。與此同時，馬丁腳一軟，差一點滑倒地上，車長馬上扶穩他。

這時，保羅向前飛奔起來，大家快步跟上。穿過了六號和五號車廂，保羅在四號車廂的第七號包廂門口停下。

「就是這個房間。」保羅説，「味道就是從裏面發出的。」

「狗、狗能説話？」馬丁和車長大吃一驚。

「機械狗。」本傑明馬上解釋，「他叫保羅。」

「把門打開。」車長命令馬丁。

聽到車長的這句話，馬丁嚇得打了一個冷顫，「車長，我……我來開門，我……裏面有幽靈，幽靈……」他拿着鑰匙的手哆哆嗦嗦，彷彿他一開門，那個可怕的幽靈就要向他撲來。

「我來！」見到馬丁這副樣子，車長一把奪過鑰匙，打開了門。

一進門，車長就把裏面的燈打開，只見一個男人伏在卧鋪上，身上都是血。

「餐車裏那個『貴族』！」本傑明喊起來。

第五章　追蹤幽靈

這個滿身是血的男人，果然就是吃晚飯時在餐車裏大喊大叫的那個人。他的手裏還死死抓着一張面值50英鎊的紙幣。地上除了血以外還有一把匕首，這裏無疑就是兇案的現場了。

「他，他死了嗎？」馬丁嚇得直往後退，他恨不得馬上逃出這列火車。

「還沒有。」博士把手放在那個男人的鼻子底下，轉

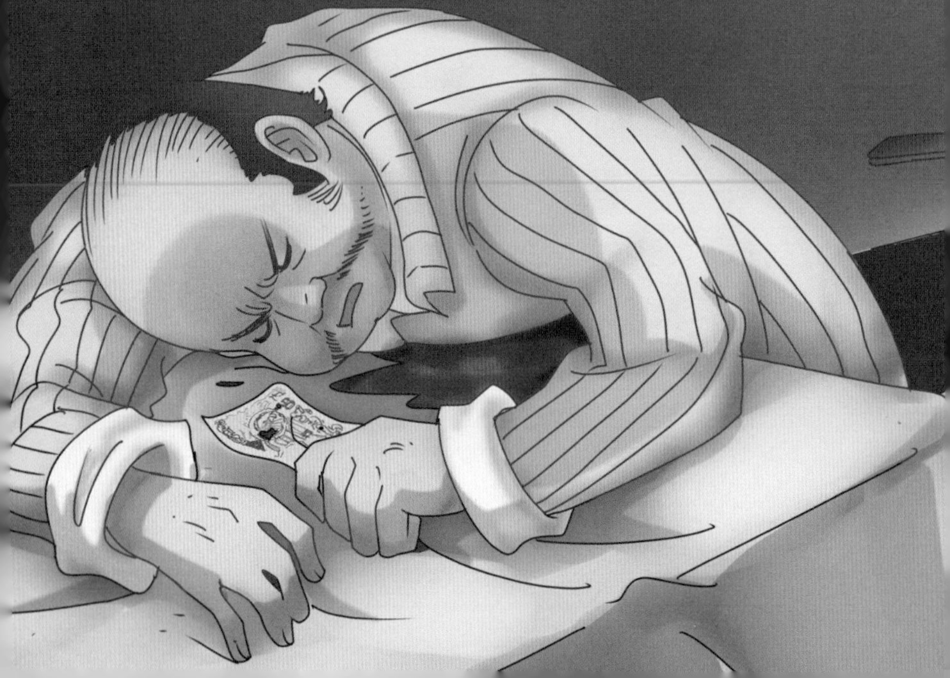

身看看海倫，「海倫，快拿急救水來。」

　　海倫馬上從口袋裏掏出一個小瓶子，裏面裝的就是博士配製的急救水。博士扶起男人，海倫把急救水給他喝了下去。接着，博士開始給他驗傷。

　　「肯定是幽靈幹的。」博士指着那人脖子上的一道傷口説，又舉起自己的手臂，「這是幽靈的爪子抓的，傷口的切面和我手背上的一樣。」

「啊！」馬丁跌坐到牀上，看着受傷的人又看看博士，「好厲害的幽靈呀。」

「馬丁！」車長生氣地說，「皇家陸軍就培養出你這樣的勇士嗎？」

看來這個乘務員馬丁以前在皇家陸軍裏服過役。

「車長先生，」馬丁非常委屈地說，「我們都是訓練和人作戰，沒有和幽靈作戰呀，我可是第一次碰上這種事情。」

「我也是。」車長的聲音小了些。

「怎、怎麼會有幽靈呢？」馬丁仍然在哆嗦，剛才他就想問這個問題了，「那個幽靈是死人變的嗎？我死了也會變成幽靈嗎？」

「應該不會。」博士扶着馬丁的肩膀安慰他，「一般來講，那些生前一貫作惡、心願未了或者怨恨難消、仇恨未報而且還是慘死的人，才會變成幽靈。幽靈分成惡靈和怨靈，通常只有惡靈才出來害人，惡靈包括遊走靈、吸血鬼、水妖等等，我們魔幻偵探所就是專門對付這些傢伙的。」

「噢，原來是這樣。」博士的話令車長也感到恐懼，「那你說我們車上的是什麼幽靈呢？」

「看上去是個遊走靈，這種幽靈並沒有相對固定的居所，隨意遊走，能隱身在白色氣團中飄移。」

「幽靈有固定的居所？」車長瞪大眼睛問。

「是呀，幽靈也有居住地，多在洞穴、古堡、密林深處。」博士解釋道，「還有墓地、水塘。而遊走靈卻是四處遊蕩、四處作惡，他們有時會找個墓地臨時『休息』。」

車長和馬丁沒有説話，神情專注地看着博士。

「這種幽靈沒什麼特別高超的本事，只有些蠻力氣，他的邪惡嗜好是吸取暈死過去的人的靈魂。」博士説着回頭看看那個「貴族」，「不過這個傢伙的靈魂還在，現在也搞不清楚那個遊走靈為什麼不吸取他的靈魂。」

「快看！」本傑明忽然指指躺在臥鋪上的那個人説，「他醒了。」

喝下了急救水的「貴族」漸漸醒了。他睜開眼睛，看見很多陌生人在他身邊，馬上坐起來警惕地看着大家。突然，他看見地上的匕首，就猛地彎腰去取。海倫馬上拍拍手，唸出一句口訣。

「來來，空氣將你傳遞來。」那把匕首一下就飛到了海倫面前，她伸手抓住匕首。

「你們這羣魔鬼！」那個人突然喊起來，他恐懼地縮到角落裏，手裏死死抓住那張50英鎊的紙幣，「你們別搶我的錢！」

「我是利奧車長，這位是南森博士，我們是來幫助你的。」車長説，「我想我們已經打過交道了，你還記得嗎？」

「你先不要怕，我們是來幫你的，到底發生了什麼事？」博士急切地問，「請你告訴我們！」

「有個魔鬼進來搶我的錢，我的門一直鎖着，他也能進來。」

顯然，他記起了車長的模樣，不是很緊張了。急救水也緩和了他的情緒，遭到幽靈和怪獸襲擊過的人喝了急救水都能迅速恢復元氣。

「你叫什麼名字？請把事情説得詳細點。」

「我、我叫西多夫，剛才睡着的時候覺得有人在翻我的皮箱，我醒了以後看見一個白色的怪東西，他肯定是個魔鬼，我的錢全給他翻出來了，我就拿刀對準他擲去，但是好像擲到鋼板上，給反彈了回來。他一轉身可把我嚇壞了。」

「是不是臉部沒有皮膚，圓眼睛，耳朵是尖的？」博士問，「樣子不像人類。」

「沒錯！」叫西多夫的人馬上點頭，「還有兩個尖牙露在外面，我沒見過這麼嚇人的傢伙。」

「然後呢？」

「然後，然後我就又給了他一刀。」

「什麼？」這回博士嚇了一跳，「你又給了他一刀？」

「是呀。」

「我接過不少這樣的案子，人類只要見了幽靈那可怕的臉，基本上都當場暈過去。」

「95%以上的人會暈倒。」保羅說，「這是我最新統計的概率。」

「狗能說話？」西多夫看看保羅。

「機械狗。」海倫馬上向他解釋。

「他搶我的錢我當然要擲他呀，比這更厲害的場面我都……」說到這裏西多夫停了下來，「不過還是他力氣大，我的刀不知道怎麼就掉了，接着他抓了我兩下爪子，我就昏了。」

「你肯定打不過他。」博士說，不過他非常奇怪這個叫西多夫的怎麼這麼膽大、厲害。

「對了！」西多夫叫了起來。

「怎麼了？」車長問。

「我的錢。」西多夫說着拿過他的皮箱，裏面是空的。

「晚啦，我的錢全沒有了！」西多夫一下就哭了出來，「好不容易做了一筆大買賣呀，整整五萬英鎊呀！」

「五萬英鎊？」大家都吃了一驚，出門在外很少有人帶這麼多現金在身上，這個西多夫可真是有錢。

「幹完這筆買賣我想休息一段時間，可是這下錢全沒了……」

「先生，你的錢沒有全丟。」保羅說，「我們這裏有你的100英鎊，你手裏還有50英鎊，加起來有150英鎊，據我最新統計，你丟失了49,850英鎊，也就是說你只有99.7%的現金被搶了。」

「廢話！」西多夫衝着保羅叫起來，「我知道，我會算……」

「那你就休息一下吧。」博士說，「我們會努力幫你找到錢的。」

「你們？」西多夫用輕視的眼光看着博士一行人，「老的老，小的小，我才不信你們這些騙子能找到我的錢！什麼破爛火車還有魔怪，不是你們故意騙我的錢吧？一羣窮鬼！」

「你說話要注意禮貌。」博士對他這樣說話感到非常生氣。

「不知好歹的傢伙！」本傑明瞪着西多夫，恨不得上去揍他。

「你敢罵人，我……」

「眼睛嘴巴一起閉上你就睡吧。」博士對他唸了一句口訣，西多夫馬上睡過去了，博士明顯很討厭這個傢伙。

「我們下一步該怎麼辦？」車長憂心忡忡地問道。

「慢慢來，慢慢來。」博士看着大家說，「先分析一下這個案子，車長先生，要破案可要你們支持呀。」

「沒問題，博士先生，本車全體乘務員聽候你的吩咐。」車長此時把希望全都寄託在博士等人身上。

「我覺得這是那個會魔法的黑衣人和幽靈在聯手作案，他們的目的並不複雜，就是要搶錢——搶頭等車廂旅

客的錢，這應該是他們精心策劃的行動。」博士開始分析，「黑衣人剛才看見了小精靈，就把他們趕跑了，他是怕小精靈防礙他們做壞事，因為小精靈可以發現幽靈。」

「你是說我們的車上還有小精靈？」車長瞪大了雙眼。

「是的，不過他們與世無爭，你不必擔心。」

「這可真夠熱鬧的了。」車長聳了聳肩膀。

「車長先生，你們火車上以前碰到過這種事情嗎？」博士接着問道。

「上個星期二，在開往倫敦的途中，有兩位頭等車廂的旅客丟了貴重首飾，警員現在還沒有破案，那兩位旅客都說晚上睡覺的時候門是鎖好的。」車長把「貴重」兩個字說得很重。

「看來也是他們幹的。」博士點點頭，然後看了一下手錶，「我們什麼時候到曼徹斯特？」

「凌晨兩點四十分。」馬丁說。

「好，現在你們聽我的安排。」博士又看看手錶，「車長先生馬上查詢一下，在十號車廂裏的那個黑衣年輕人，他住十二號包廂還是三號包廂？有沒有和他同來的人？」

車長馬上出去打電話，沒一會兒就回來了。

「住在三號包廂有個年輕人穿黑衣服，裏面只住着他一人，十二號包廂是一對老夫妻。穿黑衣的年輕人肯定沒有下車，剛才十號車廂的乘務員還在洗手間裏碰上他。」

「我懷疑住在三號包廂的黑衣人就是幕後主謀，這人會魔法，法術還不低，他渾身的陰森氣就是那個幽靈帶給他的，那個幽靈也有些魔法，剛才保羅的預警系統沒有發現他。」博士分析道，「他們合謀偷頭等車廂旅客的財物，今天被發現了就索性當面搶劫。」

大家大氣不敢出，都認真地聽着博士的分析。

「我覺得他們很可能還會再出來偷竊，」博士很有把握地説，「到時候我就有機會抓他們了。」

「為什麼？你怎麼知道他們還會作案？」馬丁問。

「一是因為他們很貪心，二是幽靈這種魔怪從骨子裏看不起我們人類。」博士和幽靈打了一輩子交道，非常了解他們的秉性，「他們為了錢，一定會再出來的。」

「那他們不會現在就來吧？」本傑明看看博士。

「不會，我估計他們行竊的時間，都安排在火車夜間停站上下客完了再次開出以後，而且是半夜人們熟睡的時候。比如剛才就是火車剛開出伯明翰，他們就動手了。如果快到站時才動手，會有些旅客活動，不方便他們行竊。現在還有四十分鐘就到曼徹斯特，他們應該會在火車開出曼徹斯特以後再次作案。」

「有道理，有道理。」車長連連點頭，「果然是大偵探。」

海倫和本傑明更加佩服博士了。

「我統計99%是這樣的。」保羅説。

「那就好辦了。」博士微笑着，他心裏已經有了大概的計劃了，「本傑明和海倫一會返回包廂睡覺，保羅也回去，你們要稍微拉開門簾，有可能那個黑衣人做賊心虛會來偷看我們是不是還在睡覺。」

「那你呢？」保羅問，「我們現在還不知道幽靈在哪裏呀。」

「我當然不會閒着。」博士笑了笑，「那個幽靈也許躲在其他什麼地方了，但他還會再出來的。」

「知道了。」大家都點了點頭。

「過了曼徹斯特，馬丁就睡到我的卧鋪上去。記住，要用被子一直蓋住腦袋，不能讓那個黑衣人看出是你假裝睡在我的卧鋪上。」

「是，我知道。」馬丁有些害怕，「你是説那個黑衣青年是人不是幽靈，對嗎？」

「是的。」

「這我就放心了。」

「你去那裏睡覺吧，馬丁。」車長說，「一會兒我會安排別人在火車開出曼徹斯特後替你值班。」

「好的。不過博士先生你去哪裏？」馬丁問。

「我要在頭等車廂恭候幽靈大駕光臨。」博士說着很自信地笑了笑。

大家都有些吃驚地看着博士。博士又笑了，他說出了一個計劃，眾人都覺得不錯。博士按着本傑明的肩膀，又看看海倫。

「你們兩個注意，既然幽靈盯住了頭等車廂，那我就在頭等車廂等着他來。估計那個幽靈是單獨作案，黑衣人則在包廂裏指揮他，所以我抓那個幽靈的時候，他可能會用某種方式發出求救信號。有的幽靈會用一種尖嘯聲聯繫同夥，這種尖嘯是用超聲波發出的，如果黑衣人接到信號後趕來助戰，那我的麻煩就大了。所以我在動手抓幽靈之前會提醒你倆，要是黑衣人向頭等車廂跑來，你們就要在包廂門口攔截他，起碼要擋住他五分鐘時間。」博士用信任的目光看着本傑明和海倫說。

「可你怎麼提醒我們呢？也用超聲波嗎？我們還沒學會接聽這種信號呀。」本傑明急切地問。

「我們不用那麼高級的東西。」博士拿出他的手提電話，「我們用這個，設置好短訊，抓幽靈前我會給你們發出提示。」

「沒問題。」馬丁對博士崇拜得五體投地，「我在皇家陸軍幹過，那傢伙只要是人，別說擋住他，我一個人就可以抓住他！」

「別吹牛了，那人使一個魔法，你恐怕就要嚇昏過去。」本傑明笑道，馬丁在旁邊氣得直瞪眼。本傑明又轉向博士說道：「我們會攔住他的，博士。有海倫還有保羅呢，你就放心地去抓幽靈吧。」

「我相信你們。」博士拍拍本傑明和海倫的肩膀。

「還有二十分鐘火車就進站了。」車長提醒道。

「我們走吧。」博士說。

大家正準備走出包廂，海倫看看躺着的西多夫，用手指了指他問：「那他怎麼辦呢？」

「讓他保持這個樣子，要是那個幽靈再來，看見這裏還是老樣子肯定會放鬆警惕，我們就更容易抓他了。」博士看看西多夫，「他算是我們的演員。」

「我要告訴大家一件事情。」保羅說。

「什麼事情？快說。」

「我覺得這傢伙是個毒販，三張紙幣我都聞過了，都有海洛英的味道，他那個皮箱裏海洛英的味道就更濃了。」

「原來是這樣。」車長恍然大悟地說，「那麼多的現金肯定都是販毒得來的錢。」

「我說他怎麼這麼厲害，敢跟幽靈動刀。」博士說，「看來這傢伙經歷過不少刀光劍影。」

「那我們現在就給警方打電話嗎？」馬丁聽說西多夫是個毒販，緊張地問。

「抓住那個黑衣人和幽靈後再說。」博士看看熟睡的西多夫，「我不唸口訣他醒不了的。」

「那就讓他睡吧。」車長關上了燈，一行人走了出來。

第六章　頭等車廂來客

出了「貴族」的包廂，車長打電話給另外一個乘務員，要他在火車開出曼徹斯特後替馬丁值班，博士站在車長身邊看着他打電話……

海倫和本傑明帶着保羅回到自己的包廂，然後他們開始準備，海倫拿出她的綑妖繩，本傑明開了自己的手提電話，博士抓幽靈之前會把消息發到他的手提電話上。

馬丁此時也跟本傑明他們在一起，「如果那個黑衣人來了，我該怎麼辦？」他問。

「你就站在我們後面，博士叫你不要靠近那個人。」海倫拉了拉手裏的綑妖繩。

「你準備用綑妖繩綑那個黑衣人嗎？」本傑明問。

「肯定沒問題。」海倫非常自信，「我們不僅要攔住他，還要抓住他。」

「我分析你們的法術100%在他之下。」保羅說。

「老保羅！」海倫不太高興了，「我們人多，你也可以幫幫忙呀。」

「我是用腦子抓妖怪的那種偵探。」保羅搖搖頭，

「打鬥我不行，我只有追妖導彈，但是數量少。」

「行了，你和馬丁都在後面看着，我和海倫抓他。」

「我可以多招呼些幫手來，二號車廂的傑克是個大力士，全車乘務員掰手腕沒一個可以贏他。」馬丁建議。

「博士不讓驚動太多的人，再説對付會法術的人光靠力氣不行。」本傑明説着看看窗戶外面。

窗外還是一片漆黑，不過火車的行駛速度慢了下來，前方已經出現了那種城市在黑夜裏特有的亮光。

「曼徹斯特要到了吧？」本傑明問。

「是的。」馬丁看看手錶，然後對本傑明笑了笑，「還有五分鐘就到了，我先工作去。」

「好吧，一會見。」本傑明也衝他笑了笑。

馬丁離開包廂向這節車廂的車門走去。

「高地子爵」號火車緩緩開進了曼徹斯特火車站，時間正好是凌晨兩點四十分。這個城市正在熟睡之中，沒有人理會這列火車，也沒有人知道火車上正在發生的事情。由於是半夜，在這裏上下車的旅客不會很多，火車在這個車站只停十分鐘。

火車剛一停下，馬丁就走下車，站在門口。九號車廂只有一個人下車，馬丁扶他下來。過了一分鐘左右才有一個旅客上車。

站台上沒什麼人走動，下車後的旅客都匆匆走向出站口，馬丁看看手錶，再過三分鐘車又要開了。

就在這個時候，遠處一個人在十號車廂那邊出現了。只見他非常吃力地提着一個大箱子，他很胖，可能是由於箱子太重，他走得搖搖晃晃的。

這個人穿着考究，大概有四十多歲，相貌有些嚴肅——確切地説是冷酷，他的眉毛緊皺着，頭髮看上去經過精心梳理。他的手上戴着一枚很大的紅寶石戒指，在月台的燈光照射下閃閃發光，奪人眼目。一股高級香水的味道從他身上散發出來，氣味讓人感到很舒服。

他氣喘吁吁地提着箱子，當他走到十號車廂的車門時，他抬頭看見了在不遠處站着的馬丁，突然，他好像被什麼東西絆了一下。

「啊呀！」他大叫一聲，人幾乎要趴在地上了。

「先生，你沒事吧？」馬丁飛快地跑過去扶住他。

「沒事沒事。」那人被扶起來，「還好沒有摔着我的箱子。」

「那就好。」

「請問二號車廂六號包廂怎麼走？」

「一直往前走，我來幫你，你要去的是頭等車廂。」説着馬丁幫他搬箱子，他看了一下這位旅客的手，喊叫起

來，「哇，先生，你的手好像受傷了。」

「都是該死的比爾，回去我就解僱他。」那個人也看看自己的手，「比爾是我的司機，今天肯定偷着喝酒了，剛才在送我來車站的路上他撞了車，差點我就趕不上火車了，最可氣的是他把我那新買的勞斯萊斯給撞了！氣死我了……」

「啊？那真是遺憾，不過人沒事就好。」馬丁扛起箱子，「請跟我從這節車廂上車吧，火車馬上開了，你可以從車廂裏穿過去。」

「謝謝。」

「不客氣，你的箱子很重呀。」

「都是名貴的瓷器，你要小心。」這位胖旅客很驕傲地說。他的聲音很大，也許是因為他很有錢，一貫很威風的原因。

他倆向九號車廂門口走去，一起上了車。

「你一直朝前走。」馬丁指了指方向。

「謝謝。」胖旅客說着拿了張鈔票塞在馬丁手裏，「這是給你的。」

「謝謝。」馬丁說。

那人扛起箱子剛想向二號車廂走去，突然他停住了腳步。

「我說，年輕人。」他拉了拉馬丁的胳膊。

「什麼事？先生……」馬丁問。

「我叫霍華德。」說着，這位叫霍華德的人從口袋裏又拿出一張鈔票，「如果你能幫我把這個箱子扛到二號車廂，這50鎊就歸你了。」

「這個……」馬丁看着他手裏那張英國最大面值的鈔票，有點興奮，「很高興為你效勞，不過要等到車開了以後，大概就等一分鐘，霍華德先生。」

「一分鐘就一分鐘。」

一聲長笛鳴響之後，馬丁吃力地扛起霍華德的箱子，向二號車廂走去。「走吧，霍華德先生。」

送走了那位富翁，口袋裏多了張50鎊的鈔票，馬丁這才回到博士的包廂。

「好了，我要休息一下了。」說着馬丁躺到博士的臥鋪上，呼出一口氣，然後他用被子蓋住了頭，「累死了。」

火車已經再次開動，先是慢慢地前進，然後開始加速，曼徹斯特很快成為火車的背景。「高地子爵」號火車又進入漆黑一片的夜間，天空中的月亮仍然沒有鑽出厚厚的雲層。

「啊呀，幽靈就要出來了吧？」火車開出一會以後，馬丁渾身開始發抖，「嚇死我了。」

「你別這麼害怕。」本傑明說，「現在才剛出站。」

「這我知道，不過我就是害怕。」馬丁抖得更厲害了。

「你們兩個不要說話了，從現在開始我們要進入戰鬥準備。」海倫命令道。

「沒關係，保羅能提前知道那個黑衣人來了沒有。是吧，保羅？」本傑明問。

「是的，只要他離這裏二十米我就能知道，魔怪接近時一般我也能發出警報的。」

「對了，剛才幽靈從這裏經過你就沒發現。」本傑明說。

「我的預警系統不是萬能的，不過那個黑衣人的氣味我記錄下來了，他來時我一定能發現。」

「能發現黑衣人就好，他是會法術的。」海倫此時的心情有些沉重，「他是個很厲害的角色。」

包廂裏安靜了下來，三個人的精神都有些緊張，尤其是馬丁，即使博士不讓他把頭蒙上，他也會用被子蓋上頭的。

「馬丁先生，」保羅看着發抖着的馬丁說，「請你不要抖得太厲害，如果那個黑衣人或者幽靈做賊心虛來偷看，看見你亂抖肯定要起疑心的。」

的確，在微光之下，博士的臥鋪上有一團東西在亂動，而且還挺有規律。

「我不想抖呀，但我控制不了自己呀，我是怕那個幽靈搶走了我的靈魂呀，沒有了靈魂，我就完了！」馬丁的語氣很委屈。

「不會，這個幽靈只喜歡錢，你又沒錢，再説西多夫的靈魂也還在的呀。」本傑明想盡量穩定馬丁的情緒。

「毒販子的靈魂誰要呀，我可是正派人，明天晚上我還要看英超聯賽呢，我在皇家陸軍得過優異服務獎章，我這麼優秀的靈魂，幽靈一定看在眼裏……」説着馬丁抖得更劇烈了，顯然他這樣下去會耽誤事情的。

「睡吧睡吧，眼睛嘴巴全閉上吧。」海倫看到這種情況，微微起身衝着馬丁唸了句口訣。

「你把他催眠了？」保羅問。

「是的，不過只要本傑明的手提電話收到短訊，我會馬上喚醒他的。」

馬丁立即進入了夢鄉，也不發抖了，這下大家才放心。

這時，「高地子爵」號火車正向格拉斯哥方向快速前進，好戲就要開始在這段路程上演了。

與此同時，大富翁霍華德先生鎖好了他的房門，然後脫去外衣躺在臥鋪上，準備睡覺了。他那枚紅寶石戒指，就放在臥鋪旁邊的櫃子上。

第七章　黑衣人的偵查

火車在蘇格蘭大地上疾馳，車上的旅客絕大多數都已經進入了夢鄉。只有博士此時正隱藏在頭等車廂裏，耐心地等待着幽靈的光臨。在「高地子爵」號寂靜的車廂裏，只能聽見車輪和鐵軌的摩擦聲，還有火車經過地面道口例行的汽笛聲。一切是這樣的安靜，有一剎那的工夫，博士甚至感到那個幽靈也許不會再來，不過他馬上否定了自己的這個念頭。

幽靈當然不會不來。

天空中的月亮突然露了一下臉，它要看看這列火車上即將發生的驚險一幕。但是烏雲好像在和它作對，故意不讓它看。一層層烏雲過來增援，再次擋住了月亮，大地仍然漆黑一片。

火車上沒有任何活動的聲響。

突然，十號車廂三號包廂的門慢慢被推開了，一隻穿着黑皮鞋的腳邁了出來——黑衣人出動了。出門以後，他還衝包廂裏擺了擺手，然後關上門，接着小心翼翼地向九號車廂走去。

他的皮鞋踩在車廂地板上，竟然沒有任何聲音，好像一團空氣經過地板。他的臉是那樣的陰森，充滿貪婪與仇恨。

漸漸地，黑衣人接近了九號車廂，此時他更加謹慎了。他上車後來過這裏，知道博士是一個非常正義而且會法術的人，而這正是他所不願意碰到的。

黑衣人走到博士住的五號包廂門口，他看見門簾沒有拉緊，有條縫露了出來，他暗自高興。他可不敢用穿牆術貿然闖進另一個會法術的人住的包廂，那樣會暴露了自己。

借助着車廂壁微弱的燈光，他看見裏面睡着三個人和一條狗，兩個小孩一左一右在上鋪，大人在下鋪，身體完全用被子蒙住，看樣子是熟睡之中。

一絲奸笑從黑衣人的嘴角掠過。他轉身走了，來去都是悄然無聲，看樣子他滿意而歸。

「他走了，」保羅對躺着在裝睡的海倫和本傑明說，剛才黑衣人離這裏二十多米時保羅就發出了警報，「就他一個人來，幽靈沒有過來。」

「哎呀——」本傑明吁出一口氣，「剛才我緊張死了，就怕他看出我裝睡。」

「他馬上就要行動了。」海倫說，「我看他是回去告訴那個幽靈去了。」

「肯定是這樣，不過博士現在可能還不知道他們就要行動了。」本傑明很關心博士。

「博士應該準備好了。」海倫說。

「我給博士發個短訊吧。」本傑明說着想拿手提電話出來。

「不要破壞計劃。」海倫制止他，「就你主意多，博士是能夠預知幽靈出現的。」

「就是，你不要發短訊。」保羅也勸本傑明。

「好好，我不發，我就是擔心。」

「沒什麼好擔心的，我們又不是第一次和幽靈打交道，以前博士碰到過很多魔怪幽靈呢。」

「可是我知道有好多次他都受傷了，還有幾次差點送命呢。」本傑明很焦慮，「剛才他也被幽靈抓傷了手背。」

「這回我們準備充分，只要我們能夠擋住黑衣人，不讓他增援幽靈，就能很好地幫助博士了。」海倫說話的口氣非常自信。

「大家都不要說話了，我想那個幽靈該出來了。」保羅說道，「你倆都快像馬丁那樣睡下。」

馬丁當然什麼事情都不知道，還打着呼嚕。保羅說話後，五號包廂立即安靜了下來。

「高地子爵」號火車孤獨地行駛在大地上，黑夜中的旅客都在安靜休息，這當然正是壞人和妖魔鬼怪活動的最佳時機。

突然，十號車廂的三號包廂裏慢慢飄出一個白色氣團。這個氣團飄出來以後緊緊貼着車廂頂部，向車頭方向慢慢移動，即使人在它下面走過也不會有任何察覺。

白色氣團擦着車頂向車頭方向飄去，氣團擦過車廂頂部，居然發出輕微的金屬摩擦聲。

幽靈終於出來了，他要去前面的頭等車廂，那裏有個他認定的有錢人。

氣團飄到九號車廂五號包廂時，突然停了下來，罩住了包廂門的上方。

從氣團裏冒出一雙又大又圓布滿血絲的眼睛，往包廂裏面看了幾下，兩隻白色裸露着骨頭的爪子搭在包廂門上。幽靈的尖牙流下一些綠色的液體，令人感到十足的噁心。

這一切海倫都知道，她把幽靈雷達放在被子裏，用一個小耳機接到雷達上——這樣就不用啟動警報燈了，細心的海倫是怕被子擋不住明亮的紅色警報燈的光亮。

此時耳機裏開始發出持續的響聲，海倫把聲音也調到

最小，她知道此刻幽靈就在門外。

「是不是黑衣人改變了主意，想對我們下手了？」海倫想，她手裏緊握着綑妖繩。

本傑明也知道幽靈來了，剛才海倫已經發出了警告。由於法術不高，本傑明不知道幽靈在哪裏，他只能靜靜地躺着，不過他已經準備唸可以使幽靈顯身的口訣，這樣他可以面對面地和幽靈打鬥。

保羅趴在地上，閉着眼睛，他的武器就是藏在身體裏的四枚追妖導彈，不過這種由博士製造出來的寶貴導彈可不能隨便亂用，除非關鍵時刻——這是博士多次囑咐的。自從十多年前博士給保羅配備了這種導彈後，他只使用過七八次。

只有馬丁什麼都不知道，就是傻睡，幸好他被施了催眠術，否則他知道幽靈在門外，肯定要嚇得昏死過去，昏過去之前肯定還要大聲叫喊的。

那個白色氣團在五號包廂門外停留了一會兒，氣團裏的大眼睛狠狠地瞪着裏面的人。突然，他張了一下嘴，兩隻又長又尖的牙齒非常明顯地露了出來。

但是他沒有進去。幽靈閉上了嘴，離開了門口繼續向頭等車廂飄去，越飄越遠。

海倫耳機裏的聲音慢慢消失了，警報解除了。

「他走了。」保羅走到門口聽着外面的聲音，「真的走了。」

「不會再回來吧？」本傑明問，「我剛才連氣都不敢出了。」

「我想他不會回來了，」海倫掀開被子拿出幽靈雷達，「他一定是去頭等車廂了。」

「他是不放心才來我們這裏偷看的。」保羅説，「做賊的心都虛，不管是人還是妖。」

「現在就看博士的了。」本傑明走下卧鋪看看門外面，然後壓低聲音，「那個黑衣人如果去救他的同夥，我們要給他來個突然襲擊。」

「就這麼辦！」海倫乾脆地説。

白色的幽靈繼續向頭等車廂飛去，他的確有些心虛，先前博士給了他一拳，雖然最後他跑掉了，但他知道博士不好對付。剛才他得手搶了不少錢也害了人，再次出來作案時心裏難免不踏實。他倒不是覺得自己害人不對，而是害怕自己的行蹤和幹的壞事被那個「老頭」發現，拖住他無法脱身。此時，這個貪心的幽靈恨不得馬上把全車旅客的金銀財寶全部拿到手。

看着「老頭」的包廂裏面沒有什麼動靜，這下他的心裏可算是踏實了。雖然他的同夥已經看過一次，不過他還要再確認一下。

幽靈牢記着剛上車的那個大富翁的包廂號碼——二號車廂六號包廂，這信息得來毫不費功夫——那個有錢人自己在車廂外喊叫，這可比自己一個個車廂去找有錢人要容易得多。那個有錢人手上的紅寶石戒指就值不少錢，拿了以後同夥肯定高興。

他有點怕自己的同夥，是的，他怕那個穿一身黑色衣服的男子。

幽靈向二號車廂前進，貼着車頂飄移。經過六號車廂的時候，有一個人可能是上洗手間，從幽靈的下方經過卻全然不知，這種沒有法力的人哪裏知道頭頂上方有一個不在地獄而在人間活動的幽靈呢？

第八章　博士力擒幽靈

躲在暗處的博士突然間預感到一種異樣的感覺，那種即將面對幽靈怪獸的徵兆十分強烈。博士知道幽靈就要來了，他就在不遠處。他馬上按下了手提電話短訊的發送確認鍵，他早就設置好了要發送的文字。

「你們做好準備吧！」這是博士發送出去的短訊內容。

此時，那個恐怖的白色氣團已經飄進了二號車廂，然後他就開始找目標，十號、九號、八號、七號、六號！就是這個包廂了，氣團在六號包廂門口停了下來，包廂的門關得死死的，門簾也緊閉着，好像裏面的人很害怕暴露私隱，這是很多有錢人的共同特徵。

氣團在包廂門口停了一會兒，幽靈在觀察情況。整個車廂裏黑乎乎的，根本沒有人走動，乘務員和旅客肯定都在睡覺。裏面那個有錢人也應該睡着了，呼嚕聲從包廂內微微傳了出來，這是幽靈最想聽到的聲音。

幽靈準備進入了。

漆黑的夜晚突然有了月光，月亮努力掙脱着雲層的阻隔露出頭來，不過夜晚會因為有些許月光而顯得更加陰森。

火車突然猛地一晃，車窗簾動了一下，一縷月光斜射進來，照在了六號包廂門口，也照射在那個白色氣團上。這個白色氣團被光一照，顯得更加慘白，這個幽靈真的令人窒息。

不用開門，幽靈一下就進入了六號包廂，他進去以後懸在半空中沒有馬上行動。

霍華德閉着雙眼打着呼嚕，看來他已經進入了熟睡狀態。

幽靈在觀察，他在仔細辨認。他停留在半空中足有兩分鐘時間。沒錯，就是這個胖子，這傢伙在車廂外大喊大叫的時候，幽靈和他的黑衣同夥在包廂裏透過窗簾的一條小縫看見了他。

火車仍然在輕微地晃動着，由於有月光出現，包廂裏也有了些許微光，幽靈變化的氣團也有微光映射，氣團裏的殺氣直逼包廂裏的乘客。

停在半空中的氣團忽然動了，幽靈確定胖子已經睡着了，他那隻露着白骨的長爪子伸向桌子上的紅寶石戒指。白色的爪子非常瘦，像沒有樹葉的枯枝，他一下就拿到了那枚紅寶石戒指。

幽靈拿好紅寶石戒指後又飄到臥鋪邊，霍華德脱下來的衣服就放在臥鋪邊的衣帽架上。幽靈那慘白的露着白骨的爪子又伸了出來，他從衣服裏掏出錢包，打開後發現裏面有一些現金，都是大面值的，還有好幾張信用卡。他把它們全部放進了自己隨身攜帶的小口袋。

他顯然對沒有找到大量的現金不滿意，突然，他發現放在霍華德枕頭邊的手錶，便又一次伸出了爪子，手錶非常名貴，上面鑲滿鑽石。

一切都在無聲無息中進行着，這個貪心的幽靈顯然還是不滿意，他仍在四下尋覓。

「箱子在行李架上。」

在寂靜的房間裏，突然傳出一個聲音。

「噢，」白色氣團裏發出回聲，「知道了。」

「快動手呀。」那個聲音説道。

「是……啊！不對，不是黑爾的聲音！」幽靈叫了起來，「有魔怪呀，有魔怪呀！」

「魔怪？」行李架上又發出聲音，「那你是什麼？」

「誰在説話?!」白色氣團突然亂動起來了，兩隻爪子在空中亂抓，帶着呼呼的風聲。

「我在説話！」行李架上突然跳下一個小人來，這正是博士，他一直隱藏在這裏。博士跳下來後，身體馬上恢復了原來的樣子。

霍華德也醒了，看着那個白色氣團，他非常害怕，身子不禁往裏靠。

「不好！」幽靈轉身就要逃走。

「顯出你的原形來！」博士説着手一揮，把顯形粉拋向幽靈。被顯形粉覆蓋了全身的幽靈立即就顯出原形來，

不再是一團氣體。只見一個人形的妖怪出現在博士和霍華德眼前。

這個幽靈渾身白色，眼睛又圓又大全是血絲。他的耳朵尖尖的，身上的肉沒有絲毫彈性，非常乾癟，而且沒有皮膚包裹。幽靈的兩個尖牙外露，面目非常恐怖。

看見幽靈顯身，霍華德嚇了一跳。

幽靈站在原地吃驚地看着自己的身體，他知道自己碰到會法術的人了，此刻他想變成氣團飛走已經不可能了。

「啊——」他怪叫着衝向窗戶想逃跑。看見他要跑，博士立即對着窗戶唸了句口訣：「無影鋼鐵牆！」包廂裏的窗戶立即變成一道無影無形的鋼鐵牆壁，「噹」的一聲巨響，幽靈撞了上去馬上就被彈了回來。

「嗷——」幽靈憤怒地站起來，看着博士不斷發出尖吼，他的嘴張得很大，可是聲音並不是很大。

「給黑衣人發信號是吧？」博士冷笑着拿出了綑妖繩。

「啊？」幽靈大吃一驚，同時他也看見了博士手裏的綑妖繩。

幽靈立即衝上去，抱住了博士，他知道自己一旦被綑妖繩綑住就再也不能動彈了。

博士被抱住以後使勁想甩開妖怪，但是沒有成功。那邊霍華德看見已經打了起來，馬上衝出了門外，喊叫起來。

乘務員休息室裏有兩個乘務員立即衝了出來，衝在最前面的就是「高地子爵」號火車上的大力士傑克。

「六號包廂有個妖怪要害人！」霍華德看見傑克馬上拉住他，用手指着六號包廂。

「什麼？妖怪？」傑克吃驚地問。

「是個幽靈，快去呀！」

傑克衝到六號包廂猛一看，有個非常恐怖的幽靈正抱着一個老頭打成一團。他被嚇了一跳，不過傑克還算鎮靜，他順手拿起一個花瓶砸向幽靈的頭部，「啪」的一聲，花瓶碎了。傑克覺得像是砸在石頭上，不禁倒吸了一口涼氣。

另一個乘務員膽子也很大，他衝上去對着幽靈的後腦就是一拳。幽靈的皮膚冷冰冰的，拳頭砸上去後，乘務員自己卻捂着手跳了起來。

幽靈被打以後也似乎並不好受，他回過頭來惡狠狠地看了乘務員一眼，張開嘴狂吼了一聲。

「你們不要靠近他！」博士急忙喊道。

博士又扭了幾下身子，還是沒有掙脱幽靈。這傢伙死死抱住博士，不讓博士把綑妖繩拋出來，同時他還使勁想把博士放倒。

「力氣還挺大的嘛！」博士説着突然立定不動，唸道，「小小小，二分之一、三分之一、四分之一……」

博士一下就變小了，同時他也馬上擺脱了幽靈的死纏。擺脱了幽靈以後，博士馬上恢復原樣，他拿出綑妖繩準備拋出去，幽靈卻又再次撲了上來。

「仙人掌，仙人掌，我就是仙人掌。」看見幽靈再次撲來，博士馬上唸口訣。

幽靈抱住了渾身突然長出了很多刺的博士。

「啊——」他慘叫一聲倒在地上，滿地打滾，樣子非常痛苦。

霍華德他們在一邊都看得目瞪口呆。

「該結束了。」博士拿起綑妖繩往空中一拋，「綑住這個傢伙！」

綑妖繩快速飛向幽靈，在他身上旋轉着，最後突然停了下來。幽靈身上已經被繩子繞了十幾圈，手腳全被綑住。說來也怪，幽靈那石頭一樣硬的身體居然被繩子緊嵌了進去。

這下他徹底結束了反抗，躺在地上開始吼叫，後來變成了慘叫，最後不叫了，只是喘着粗氣。

「抓住了，抓住了！」霍華德興奮地衝了上去，「這下老實了吧？」

「求你們不要懲罰我。」幽靈突然開口求饒，「求你們啦。」

「做了壞事還想逃脫懲罰，我南森博士不能那麼輕易放過你。」博士說着踢了他一腳。

「啊？」幽靈好像吃了一驚，「你是南森？南森博士？」

「就是我，怎麼啦？」

「唉，真是撞上鬼了，我怎麼碰上你？」

「你就是鬼，我才是撞上鬼了。」博士眉頭一皺，想笑沒笑出來。

幽靈表情痛苦地躺在地上，綑妖繩死死纏住了他，他感到很難受。

「你剛才說的什麼『黑爾』，是不是就是那個黑衣青年？」博士問。

「是的。」

「剛才你是不是給他發了求救信息？」

「是的。」

「不好，我要馬上去支援本傑明他們了。」博士說着急急忙忙往外走，他看看乘務員傑克，然後用手指着魔怪幽靈，「你們看着他，他動不了。」

「要幫忙嗎？」傑克問。

「不用。」博士說着已經跑了出去。

此時二號車廂裏已經擠了不少人，剛才的打鬥聲吵醒了他們。博士很費力地往外擠去。

「先生，出了什麼事情？」一位太太問。

「沒什麼。」博士說，「抓了個小偷，請大家讓一下。」

好不容易擠開了眾人，博士飛快地跑向九號車廂，他十分擔心兩個助手和保羅的安全。他知道那個黑衣人法術高超，不指望本傑明他們能抓住黑衣人，只希望他們能拖住他。博士現在有些後悔，因為剛才抓幽靈的時候多少有些戲耍那個傢伙的意思，也許就因此耽誤了一些時間。

博士邊跑邊想像着那一頭正在發生的激烈搏鬥，也許兩個助手已經支撐不住了，那個馬丁當然是指望不上的……

很快他就跑到了九號車廂的門口，拉開車廂門，裏面卻空無一人。整個車廂走廊更是空空蕩蕩，這裏的人顯然都在熟睡中，並不知道火車上發生的事情，同時這裏也沒有留下任何博士所想像的打鬥痕跡，博士的心一沉，莫非本傑明他們都……博士不敢再想下去了。

第九章　車頂上的決戰

在得知幽靈前往頭等車廂後，海倫他們開始準備阻截黑衣人。本傑明站在門口努力想着各種口訣，手裏握着手提電話等待短訊的到來。海倫表情嚴肅，拿着綑妖繩也站在門口。保羅聽着外面的動靜，此時他已經啟動了身上暗藏的追妖導彈。只有馬丁還在睡覺。

「叮——」本傑明的手提電話響了起來。

「你們做好準備吧。」本傑明看着唸，「是博士發的，他要捉幽靈了。」

「我叫醒馬丁。」海倫走到馬丁身邊唸口訣，「醒來醒來，眼睛嘴巴全張開。」

馬丁一下就睜開了雙眼，迷惑不解地看着海倫，樣子傻傻的。

「別看我了。」海倫說，「黑衣人一會兒就要過來了，博士可能已經在抓幽靈了。」

馬丁只是睡了一覺，記憶並沒有喪失，他立刻站了起來。

「對付人我可不怕！」馬丁揮揮拳頭，「管他會不會法術。」

「你還是小心點。」海倫囑咐他，「一會兒你到門口攔住他，隨便說些什麼，我們在他後面來個突然襲擊！」

「可以，我來攔住他。」馬丁表示同意。

「不要說話了。」保羅的耳朵一下豎了起來，「我感覺他來了，正向我們這邊靠近！」

「好！讓他來吧。」本傑明興奮地喊起來。

「我出去攔住他。」馬丁拉開門走了出去，他故意走到四號包廂門口，這樣海倫她們可以從背後偷襲黑衣人。

馬丁剛剛站到四號包廂門口，黑衣人就出現在他跟前。看樣子黑衣人很着急，那張陰森的臉更加可怕了，不過一開始他沒在意馬丁。

「先生，」馬丁把身體橫在車廂走廊擋住去路，「請問這麼晚出來有什麼事情嗎？」

「你別管，快走開。」黑衣人好像生氣了。

「我願意竭誠為你服務。」馬丁滿臉堆笑，「請你吩咐，別不好意思開口。」

馬丁就是不讓路。

「快給我滾！」那人罵開了，「要不我可動手了。」

說着黑衣人伸手要推開馬丁。

這時，海倫和本傑明已經悄悄地打開包廂門，從背後接近黑衣人。海倫猛地拋出綑妖繩，嘴裏唸着口訣。

細妖繩在空中抖開後，直飛向黑衣人，瞬間就把黑衣人綑了個結實。

「進來進來。」海倫繼續唸口訣，黑衣人雙腳離地懸在空中，被拉着飛進五號包廂。

「抓住了，抓住了！」本傑明興奮地大喊，「不過如此，我還以為他有多厲害呢。」

馬丁也跟了進來，他也感到是虛驚一場。

「你們？……」黑衣人在半空中憤怒地睜大眼睛看着海倫，「你們敢偷襲我？」

「就襲擊你，你是個小偷！」本傑明指着他，「你叫什麼？偷了人家多少錢？」

「落地落地。」海倫唸着口訣，黑衣人被放了下來，他靠在包廂門上惡狠狠地瞪着所有人。

突然，黑衣人閉上眼睛，口中也唸唸有詞，他唸的好像是「解開解開。」隨後伴着「啪」的一聲，剎那間綑在他身上的綑妖繩被掙脱開，並且斷為幾截。

「啊 ?! 」本傑明他們全都被驚呆了，馬丁嚇得靠在門上，能解開綑妖繩的法力可非同一般。

「上你們當了！」黑衣人突然伸手猛擊海倫，「叫你們騙我！」

「啪！」海倫身上被黑衣人擊中，可憐的她飛了出去，倒在地上，表情非常痛苦。黑衣人特別恨海倫，他伸拳繼續準備攻擊海倫。

「無影鋼鐵牆！」海倫説出句口訣，她面前的空氣立即組成一堵牆。

可是海倫的法力無法和博士相比，博士的無影鋼鐵牆可以承受1,000公斤的打擊力度，海倫的鋼鐵牆則只能承受300公斤力度的打擊。這堵牆並沒有擋住黑衣人的拳頭，他一拳就將「氣牆」擊破，惡狠狠地又向海倫揮拳打去。這個黑衣人果然不好對付，就在這個時刻，保羅身上突然開了個洞。

「嗖！」從裹面飛出一枚鉛筆大小的導彈，直向黑衣人腦袋飛去。黑衣人顧不上進攻海倫，馬上低頭。導彈一下擊破車窗玻璃，飛出車外，由於沒有命中目標，掉在田野裏沒有爆炸。

「機械狗還配備導彈？」黑衣人也吃了一驚。説話間他飛起一腳，把正準備發射第二枚導彈的保羅踢倒。

馬丁衝上去就是一拳，黑衣人用手一擋，馬丁一下就被推了回來，重重地砸在門上。馬丁只覺得眼冒金光，耳邊「嗡嗡」作響，這位前皇家陸軍下士身體癱了下去。

「隱身攻擊他！」保羅在一邊大喊起來提醒本傑明。

「好！」本傑明開始唸隱身口訣，這樣黑衣人就看不見他了，「實際上有卻看不見！」

「唰」的一下本傑明就消失了，黑衣人冷笑了一下，他對着本傑明吹了口氣。本傑明的隱身術一下就被破解了，他恢復了原形，傻呆呆地看着自己。

「凝固氣流彈！」看見自己的隱身招術被破解，本傑明又唸起口訣，雙手向黑衣人推出，一股強大的凝固氣流猛噴向黑衣人，以前本傑明練這招的時候氣流可以擊斷鋼板。

「哼，看看我的空氣牆！」黑衣人看見氣流襲來也唸口訣，他的面前立即豎立起一道無形的牆，這道牆也是由空氣凝結而成的。

「噹！」的一聲巨響，本傑明的氣流彈被撞得粉碎，黑衣人擋住了本傑明的攻擊。

「啊，這是我最厲害的一招了。」本傑明一着急把實話喊了出來。

黑衣人衝着本傑明兇猛地撲來，本傑明手一舉又唸了句口訣。

「迷眼沙！」

只見從他手中飛出一片細沙粒，直射向黑衣人雙眼。黑衣人隨手一撥，沙子全都落到地上。

「還有什麼招術？」黑衣人伸手就抓本傑明，本傑明一躲，黑衣人的手沒抓着，他的手劃過包廂的牆，三道手指印深深地出現在牆上。

本傑明知道這人實在太厲害，他出的招不僅狠毒，而且招招致命。看見那傢伙再次撲來，本傑明就地一滾，滾到黑衣人背後，但是黑衣人也立即來個急轉身，又撲了過來。這一撲，最輕也是重傷。

就在這時，一股氣流猛地推開黑衣人。看見本傑明遇險，海倫掙扎着爬起來用力猛擊黑衣人，黑衣人沒有絲毫防備，被擊倒在地。

「小丫頭還有些法術！」黑衣人從地上爬起來，猛地給了海倫一拳，海倫躲閃不及，拳頭在她身上掃過，她被重重地擊倒在地，完全昏了過去。

「還有這個小東西！」黑衣人看着本傑明，臉上露出奸笑，非常可怕的奸笑。

本傑明知道黑衣人即將使出致命的一擊，有些絕望了。正在這時，保羅衝過來一口咬住黑衣人，他的導彈發射系統已經被震壞了，沒法發射導彈。黑衣人猛踢保羅，保羅嘴裏咬着一塊黑衣人的褲腳布料橫飛出去，撞在牆上，一條腿被撞斷，電路板也露了出來。

只剩下本傑明了，黑衣人陰笑着逼近他。不過本傑明沒有方寸大亂，還在思考着怎麼躲過他的攻擊。

「看這，看這。」

不知道什麼時候馬丁醒了，他從口袋裏摸出一個小手電筒。黑衣人聽見有人說話，下意識地順着聲音方向看過去，馬丁用手電筒猛照他的雙眼，黑衣人馬上用雙手擋住燈光。

「本傑明，快跑！」馬丁大喊，「快去找博士。」

本傑明沒有趁機逃跑，他口中唸着口訣。

「箱子出來，箱子出來。」

黑衣人站的地方正好就是車廂的行李架下方，行李架上有博士的大箱子，非常沉。隨着本傑明的口訣，博士的箱子晃晃悠悠地飄了出來，飄過黑衣人頭上的時候，本傑明馬上閉嘴不唸了。

失去控制的箱子「咣」的一聲就砸在黑衣人頭上，黑衣人當場就被砸昏了，只見他搖搖晃晃地倒了下去。

「好呀！」馬丁在一邊拍手，「這是什麼戰術？」

「非常規戰術。」本傑明說完也癱在地上，「好險呀。」

正在兩個人鼓掌慶祝的時候，被砸昏的黑衣人猛地一下又站了起來，的確，想把他擊倒可沒那麼容易。

「小東西敢砸我！」黑衣人一步步逼近本傑明，他緊

握雙拳，而本傑明已經完全喪失了抵抗能力。

「博士，你在哪裏呀？」本傑明此時感到非常恐懼，心裏呼喚着博士。

「轟！——」的一聲，黑衣人突然被一股強大的氣流推開好幾米，他的頭一下撞到牆上。

「不要碰本傑明！」博士出現在包廂門口，他怒視着黑衣人。

看見博士出現，黑衣人感到事情不妙，他猛抬頭看看車頂。

「誰都擋不住我！」黑衣人唸了句口訣，一下就穿越車廂飛上了車頂。

「擋不住我的心也擋不住我的形。」博士唸了口訣也飛上了車頂。

黑衣人在車頂上向車頭方向跑去。博士從後面飛身一躍跨過黑衣人的頭頂，攔住了他的去路。

「千斤雙臂！」黑衣人説着掄起拳頭砸向博士。博士馬上接招，兩人雙臂接觸的瞬間，居然發出了巨大的金屬撞擊聲。

一開始，黑衣人氣勢洶洶，不過由於他剛才和海倫等人打鬥消耗了很大體力，還被本傑明調動旅行箱砸了一下，漸漸有些體力不支，博士則越戰越勇。

黑衣人很狡猾，車頂上風很大，他看見博士站得不大穩，突然猛地對着博士的腳吹了口氣，博士沒有留意，一下子就被這股氣流推倒，摔在車頂上。

「哈哈……」黑衣人掄開雙拳砸向南森博士。

「靈狐助戰！」博士急忙間呼喚出靈狐，只見從他的袖口裏一下就竄出兩隻小狐狸，牠們張嘴裂牙直向黑衣人衝去。

博士是有極高法力的正義魔法師，他隨時可以請出靈狐助戰。靈狐其實就是狐仙，牠們受正義魔法師的召喚，與一切魔怪作戰，當然，只有遇到難纏的對手時博士才會請出靈狐助戰。

「惡鷹助戰！」看見博士請出靈狐，黑衣人雙手一揮，請來了惡鷹。只見兩隻不大的老鷹發出嘯聲騰空而起，然後從空中開始俯衝，直奔兩隻小狐狸而去。

兩隻小狐狸知道遇到了對手，落荒而逃。博士歪歪扭扭地站起來，要和黑衣人拚命。

「嗖！嗖！」就在這時，兩道綠色弧光閃過，博士看到有兩個小精靈扇動着翅膀凌空飛起。他們各抓住一隻惡鷹，隨手將惡鷹撕碎扔掉，然後雙雙落在車頂上。

「好！」小精靈路易士不知從什麼地方冒了出來，「爸爸媽媽，你們太厲害了！」

「我們精靈族與世無爭，」精靈爸爸大衞很鄭重地看着南森博士，「但是面對邪惡勢力也不會袖手旁觀！」

「對，我們就是這樣教育兒子的！」精靈媽媽安妮補充道，她還笑着衝博士亮了亮拳頭，「不過剛才是兒子教育了我們，他說我們應該和你這個老頭合作匡扶正義，於是我們伸出正義之手！」

「精靈三人組六隻正義之手開始出擊！」精靈爸爸也晃晃他的拳頭。

「謝謝你們。」博士連忙致謝。

兩隻小狐狸見惡鷹被殲，馬上衝到黑衣人身上一陣亂咬。黑衣人忙掙脫小狐狸掉頭就跑，小精靈哪裏肯放過他，雙雙衝過去攔住了他的退路。

「小子，你說的發財就是偷人家的錢嗎？」精靈爸爸擺好了進攻的姿勢。

「別跟他廢話，上！」精靈媽媽說着猛撲向黑衣人。

一家三口圍攻了上去。頓時，三個小精靈和黑衣人打成一團，精靈爸爸和精靈媽媽出招兇狠，別看他倆個子小，他們的合攻讓黑衣人連連叫苦。

「路易士站到旁邊去。」也許是怕兒子受傷，精靈爸爸喊道，「你翅膀還沒好，有爸爸媽媽對付他已足夠。」

「好！爸爸媽媽揍他！」小精靈路易士退到一邊，喊叫着助陣，「爸爸攻他左邊……媽媽踢他腦袋，好……好！命中胸口加十分……爸爸小心……好！命中後背加五分……」

碰上這樣的對手，黑衣人不被打死也能被活活氣死。路易士在旁邊的解説聽起來就像在玩遊戲機一樣。

「好！媽媽鏟他……爸爸揍他的頭……好！擊倒加五十分！……」

精靈媽媽一腳鏟倒了黑衣人。黑衣人躺在地上，開始喘粗氣，他的體力已經不支了。

「哈哈，倒了！」路易士走過去站在黑衣人旁邊，伸出了一個手指頭，「開始倒數，十、九、八、……」

黑衣人看看路易士，表情痛苦但是沒有爬起來。

「……三、二、一！哈哈，你輸了！」路易士説着跳了起來。

突然，被激怒的黑衣人一下又站了起來，伸手就向路易士抓去，路易士絲毫沒有防備。精靈爸爸知道被黑衣人擊中後果嚴重，馬上飛身去推路易士，結果被黑衣人的拳頭掃到，精靈爸爸被打倒在地。精靈媽媽氣極了，猛地飛起一拳砸中黑衣人，砸得他眼冒金星。

「噢！耍無賴！」路易士馬上去扶精靈爸爸，「爸爸你怎麼樣？」

「沒事沒事。」精靈爸爸努力着想站起來，他沒怎麼受傷。

「還敢偷襲！」博士説着用手推出一股強大的氣流，

擊倒了黑衣人，黑衣人昏了過去。接着博士連續拋出兩根綑妖繩，兩根繩子這次將黑衣人綑了個結實，緊得沒法掙扎了。

「哈哈！黑笨頭被抓住了。」路易士高興得直拍手，「老頭加一百分！」

博士笑着收回了靈狐，連連向小精靈道謝：「這次多謝你們了！」

「不用客氣！還有很多事等着你去處理，你快去吧！」精靈爸爸說。

告別了精靈一家，博士提起被綑住的黑衣人，唸了句口訣回到了包廂裏。

包廂裏，人們都在焦急地等着博士。看見博士帶着黑衣人回來了，本傑明呼出一口氣。

「海倫，海倫還沒醒。」馬丁連忙對博士說。

「快去找些水來。」博士放倒了仍處於昏迷狀態的黑衣人，走過去扶起海倫。海倫昏迷了，但是看樣子傷勢不重。

馬丁出去了，回來的時候拿了杯水，博士把水給海倫喝了下去。海倫漸漸睜開了眼睛。

「抓住他了嗎？」海倫問博士。

「抓住了，放心吧。」

「會說話的狗也受傷了。」馬丁走到保羅身邊，保羅躺在那裏看着大家，樣子很可憐。

「他的腿斷了。」本傑明摸着保羅心疼地說，「電線都露出來了。」

「可憐的老保羅。」博士讓海倫躺好，然後走到保羅身邊，他把保羅的斷腿拿起來，「沒關係，我會給你接好的。」

「浪費了一枚導彈，沒有打中黑衣人。」保羅還在惋惜那枚打到窗戶外面去的導彈。

聽說保羅的腿可以接好，大家都很高興。馬丁則把他剛才看見本傑明和海倫大戰黑衣人的景象都告訴了博士。

「你也很勇敢呀。」本傑明被馬丁誇得都不好意思了，他對馬丁說道，「你用手電筒照他的眼睛，我才有機會使用那一招的。」

「本傑明，你是怎麼想起用箱子砸他的？」博士好奇地問。

「嘿嘿嘿，你還記得那個砸倒你咖啡杯的蘋果嗎？」

「噢，你是想從箱子裏拿東西忘了後半句口訣吧？」

「不是，不是。」本傑明連忙擺手，「這次我記得後半句口訣，但是我沒有唸出來。」

「哈哈哈哈……」博士大笑起來，「小聰明有時候也很有用呀。」

「現在我們怎麼辦？」馬丁問。

「你去叫幾個人把幽靈帶到餐車去，我們去那裏審訊這兩個傢伙。」博士對馬丁說。

於是，博士和馬丁架着黑衣人，本傑明扶着海倫到了餐車。不一會兒，馬丁和幾個乘務員抬着被牢牢綑住的幽靈也走進餐車，霍華德也跟在他們後面。為了不驚嚇到旅客，幽靈身上還蓋了被子。

一進餐車，大富翁霍華德看見博士就叫喊起來：

「我說博士大人，我不想當什麼霍華德了，快把我復原，累死我了。」

「好的好的，別着急。」

博士衝着霍華德的臉揮揮手，嘴裏唸了句口訣，霍華德那看起來還算年輕的臉一下就老了十多歲，利奧車長的模樣出現了。大家都驚奇地看着這一幕。

霍華德就是利奧車長裝扮的，這當然是博士引蛇出洞計劃的一部分。火車還沒進曼徹斯特站時，博士就在洗手間給車長變了裝，車停在曼徹斯特後，車長假扮的霍華德就提着個箱子從車尾下車——車尾是郵政車廂，只有車長有那裏的鑰匙。

馬丁和「霍華德」在十號車廂外演的戲，目的是為使貪財如命的黑衣人上當。

「這是你給我的紅寶石戒指。」車長笑着把那枚重要道具紅寶石戒指遞給博士。

博士接過戒指笑了笑，他拿在手心搓了搓，紅寶石戒指就不見了，手上只有一枚易拉罐拉環——紅寶石戒指是他用拉環變的。

「啊！太神奇了，車長先生。」傑克盯着車長的臉不停地看着，「真不敢相信。」

作為下屬，他還從沒有機會這麼認真地看過車長。

「哎喲……哎喲……」還讓被子蒙着的幽靈呻吟起來。

「看起來挺重，」車長指着幽靈，「可抬起來很輕，沒什麼重量。」

博士把蓋在幽靈身上的被子掀開。幽靈的眼中充滿了恐懼，剛才反抗時候的猖狂樣子全沒有了。

「不要懲罰我，求你們了。」幽靈的聲音很悲哀。他知道一旦被正義魔法師捉住，很有可能就會被徹底「消滅」，這樣他就再也不可能在天地間自由地遊走。

大家都沒有理他。海倫和本傑明都覺得幽靈的樣子很可怕，馬丁甚至不敢多看他一眼。

「他叫什麼？」博士指指黑衣人問幽靈。黑衣人緊閉着雙眼，表情很痛苦，他有點清醒了。

「叫黑爾。」

「那你呢？」

「我叫以撒。」

「你們怎麼認識的？」博士又指指那個叫黑爾的黑衣人。

「我原來住在墓地，他到我那裏去找可以幫他偷錢的幽靈，我就跟他合夥了。」

「遊走靈以撒！」博士厲聲問，「你變成幽靈以前也不幹什麼好事吧？」

「我，我……」幽靈渾身哆嗦了一下，他低着頭不敢看博士。博士的厲害他可是領教過了，他知道什麼也瞞不住面前這個老者。「我，我以前扒竊……」

「我説呢……」車長恍然大悟，原來這傢伙生前果然不是好人。「你和黑爾合夥偷了很多財物吧？」

「是的，他學過法術，我每次要是偷錢少了，他就詛咒我折磨我，那滋味可不好受。」

「學法術的？」本傑明説，「哪裏學的？」

「在劍橋唸的本科……是他跟我説的……」

「哈哈，海倫，他是你的校友。」本傑明抓住機會總要笑話一下海倫，雖然剛才他們還一起並肩戰鬥。

海倫非常不高興，臉都紅了。

「後來還在牛津讀了碩士。」幽靈以撒繼續說。

「哈哈，他是你們學校培養的碩士。」這下輪到海倫嘲笑本傑明了。

本傑明的臉一下紅起來，比海倫的紅多了。

「出現幾個敗類是難免的。」博士說着指指黑爾問幽靈，「他叫你偷錢嗎？」

「是的，他說要讓我過有錢人的生活，還說要給我買進天堂的通行證。」

「你作惡多端還想進天堂？」博士他們都感到非常震驚，「我看你是昏頭了，天使們的眼睛可是誰也騙不了的。」

「你們別聽他的。」說話的居然是黑爾，他好像對幽靈說的話很不滿意，「他是本性難改，我原來打算拿了第一個人的錢就下車，可他偏說再幹一次，他比我更喜歡錢。」

「你真是敗類。」博士對黑爾非常生氣地說道，「所有會魔法的人都為你臉紅。」

「我就是要過很好的生活！我讀書的時候窮得差點沒辦法上魔法學校，因此我一入學就發誓要用魔法讓自己過上好日子。」黑爾叫了起來，「誰也不能阻止我！」

「你們聽聽！」幽靈指着黑爾對大家說，「都是你叫我偷錢的！你在墓地找到我後就叫我去幫你偷錢。」

「你滾！笨蛋！蠢貨！你被抓住還害了我……」

「行了！」博士大聲喝斷他們的爭吵，「以撒，你不是在倫敦上火車的吧？」

「我白天不出來，晚上在伯明翰上車，這都是黑爾教的。」幽靈抓住任何機會指責同夥，「剛才在伯明翰上車的還有三個小精靈，也被他趕走了，他說小精靈會看見我偷錢的……」

「我們火車裏上星期旅客丟的東西是你們偷的嗎？」車長問。

「是的，那些財物全在黑爾家裏。」

「今天偷的五萬英鎊呢？藏哪裏了？」車長接着問。

「沒有五萬英鎊，只有三萬。」黑爾在一邊說。

「五萬就是五萬！」車長叫起來，「你們還不老實？」

「我搶了錢沒有直接回去。」幽靈小聲說，「我把其中的不到兩萬英鎊藏到車尾了。」

「噢！」海倫恍然大悟，「我們剛才使用幽靈雷達沒在他們的包廂找到幽靈，原來那時候他去車尾藏錢了。」

「看見了吧，他是個妖怪是個幽靈，能幹什麼好事。」黑爾倒是挺興奮，「我在墓地找他的時候，他還以為我不會法術要吸我的靈魂呢。」

大家都憤怒地看着這個叫以撒的幽靈，他低下了頭。

「有個問題我要問你。」博士指着幽靈，「剛才搶錢的時候，你怎麼沒有吸那個用刀刺你的人的靈魂呢？」

「我看得見他的靈魂，他是幹什麼的我不知道，但我知道他的靈魂比我的還骯髒。」

這就是幽靈對毒販子西多夫的評價。

尾聲

一貫作惡的幽靈以撒最終被博士收進了他的裝魔瓶，不出三天他就會被完全化掉。車長已經給警察打了電話，警察在格拉斯哥車站等候毒販西多夫。

「他怎麼辦？」本傑明指着黑爾問博士，「警察可能對付不了他，他的法術挺厲害。」

「我想一想。」

博士說着坐下來喝了口馬丁端來的咖啡，他有了主意。

「找找我的老同學。」博士從口袋裏掏出一個本子來。

他拿出手提電話撥號，打完以後他高興地拍拍本傑明的肩膀。

「好了，我在格拉斯哥有個同學也開偵探所，火車到站後他會帶人過來，他們會把黑爾送到設在劍橋的魔法師聯合會，先解除他的法術，然後再把他交到警察那裏。」

「這可真是太好了。」本傑明和海倫都高興地笑了。

「到格拉斯哥還有兩個小時。」博士看看手錶，「你們看着這個傢伙，我去把老伙計的腿接上。」

「你去吧，我們會看着他。」

火車仍在飛馳，大地已悄悄開始復蘇。天上的月亮終於衝破了雲層的阻隔看到了驚險的捉妖過程，現在它要休息了，太陽快來接班了。

一些旅客已經醒了，二號和九號車廂裏的部分旅客只是知道半夜裏火車上抓住了小偷，他們做夢也想不到剛才那些驚險場面。

博士花了一個多小時將保羅修理好，他又跟在博士後面歡蹦亂跳起來。

早上六點半，火車慢慢駛進格拉斯哥車站。快進站的時候，博士把西多夫喚醒，傑克等幾個乘務員將這個垂頭喪氣的毒販交給了在車站上等候着的警察。

「西門！」車剛停下來，博士就走向在月台上等着他的老同學。

兩個人在月台上緊緊擁抱。

「我們有一百年沒見了吧？」博士興奮地拍着老同學的肩膀。

「有一百年了，你現在是大名鼎鼎的偵探呢。」

「你也不差呀。」

由於火車只停留十五分鐘，兩人只能簡單地交談了一會兒，並互相介紹了自己的助手。

就在他們寒暄的時候，小精靈一家走了過來，當然他們是隱身的，月台上的普通人看不見他們，但是博士等人能看見。

「我們到了。」精靈爸爸笑着對博士說，「老頭，後會有期。」

「謝謝你們，後會有期。」博士衝他們點點頭，本傑明在不停地揮手致敬。博士已經把車頂上小精靈助戰的事情告訴了兩位助手。

路易士回過頭來看看海倫，海倫衝他笑笑，路易士也頑皮地笑了笑。這一家隨即隱沒在月台。

黑衣人黑爾被西門和他的兩個年輕助手帶走了。

「高地子爵」號火車再次上路，再往前就是終點站因弗內斯了。這時，本傑明的心已經飛到了尼斯湖。

「博士，」本傑明走近博士，「一開始你就看出黑爾會法術，身上有邪氣，我還要練多少時間才能有你這種本領？」

「這個……」博士摸摸本傑明的頭，「我只能說隨着年齡的增長，你肯定會達到這種水平，你是個聰明的孩子。」

博士站在車廂門口看着外面，天已經亮了。昨晚的戰鬥兩個助手表現得非常出色，但願他們在接下來的任務中會有更出色的表現。

前方，尼斯湖就要到了。

推理時間

麥克警長，蘇格蘭場（倫敦警察廳）高級督察，南森和警方的聯絡人，也是一名大偵探，屢破奇案。當然，他所偵辦的都是人類世界中的案件。一起來看看他偵辦過的案件，運用你的推理能力，想一想他是如何破案的呢？

易容大師

一隊便衣警員在一個大型購物中心收縮包圍圈，他們正是麥克警長帶領的緝拿小組，他們緝拿的對象是一個江洋大盜，此人叫佩特，三十多歲，男性，多次逃脫追捕，因為他是個能快速化妝改變容貌的易容術大師。

佩特剛在這個購物中心的一家商鋪盜取了大筆營業款，但是這次他被麥克帶領的警員盯上了，剛才他擺脫了一個警員的追蹤，大家只知道他還在購物中心裏，但是變成什麼樣子就不知道了。

購物中心周邊已經被警方團團圍住，麥克帶人進入購物中心搜索，他知道一定要儘快抓到佩特，否則他還是會很快逃出包圍圈。

麥克的小組向購物中心的露天休閒廣場趕去，佩特就是在那個區域被跟丟的，露天廣場很大，有個露天的大水池，人也很多。因為是夏天，天氣非常熱，太陽高照，人們多數都在帳篷下。

麥克穿行在人羣中，他也盡量保持隱藏，因為如果被佩特識別出自己是警員，那就更難抓他了。可是這麼大的區域，怎麼才能找到佩特呢？

麥克和一個警員來到水池不遠處，水池邊有兩個孩子在玩水，一個年輕媽媽站在水池邊，看着那兩個孩子，她的身邊有一輛嬰兒車，嬰兒車上的布罩完全拉下蓋着，看不清裏面的孩童，兩個孩子很興奮地互相潑水，年輕媽媽在一邊笑着。

這裏看來沒有佩特，麥克和那個警員走過水池，那個警員非常焦急，但是也沒什麼辦法。

「不對。」麥克忽然想起了什麼，他轉身就向水池走，來到水池邊，麥克走到了那個年輕媽媽身邊，「佩特，不要再演戲了。」

那個年輕媽媽先是一愣，隨後低下了頭，麥克一把扯下他的假髮，他就是佩特，那兩個小孩當然不是他的孩子，嬰兒車也是趁一個母親帶孩子試衣服時偷來當掩護的。

請問，麥克警長發現了佩特的什麼破綻？

答案：夏天太陽高照，嬰兒車蓋得那麼嚴實，嬰兒是會中暑的，真正的孩子母親此時根本就不會把嬰兒車推到烈日下暴曬。

魔幻偵探所 1

火車上的幽靈（修訂版）

作　　者：關景峰
繪　　圖：陳焯嘉
策　　劃：甄艷慈
責任編輯：周詩韵
美術設計：李成宇
出　　版：新雅文化事業有限公司
香港英皇道499號北角工業大廈18樓
電話：（852）2138 7998
傳真：（852）2597 4003
網址：http://www.sunya.com.hk
電郵：marketing@sunya.com.hk
發　　行：香港聯合書刊物流有限公司
香港新界大埔汀麗路36號中華商務印刷大廈3字樓
電話：（852）2150 2100　傳真：（852）2407 3062
電郵：info@suplogistics.com.hk
印　　刷：中華商務彩色印刷有限公司
香港新界大埔汀麗路36號
版　　次：二〇一八年二月初版
二〇一九年五月第二次印刷

ISBN：978-962-08-6983-9

18/F, North Point Industrial Building, 499 King's Road, Hong Kong
Published and printed in Hong Kong